Inge Schulze · Das Glück zu leben

INGE SCHULZE wurde 1941 inmitten des Zweiten Weltkriegs in Rudolstadt als drittes Kind geboren. Sie wuchs in der DDR auf und wagte später die Flucht nach Hamburg.

Inge Schulze

Das Glück
zu leben

© 2025 Inge Schulze
Layout, Satz & Umschlaggestaltung: Die BUCHPROFIS, München
Umschlagmotiv: Sielmingen, Deutschland – 1. Mai 2019:
BMW Isetta 300, deutscher Oldtimer auf dem 15. Sielminger Old-
timerfest, shutterstock.com/Gaschwald
Verlag: BoD · Books on Demand GmbH,
In de Tarpen 42, 22848 Norderstedt, bod@bod.de
Druck: Libri Plureos GmbH, Friedensallee 273, 22763 Hamburg

ISBN 978-3-7693-8977-7

*Dieses Buch widme ich
meiner Familie und
ganz besonderen Dank
meinem Enkelsohn Timon
für seine Hilfe.*

Inhalt

Inge wird drei Jahre 9

Inge kommt zur Schule 23

Der Hochstand 37

Der Hund Moritz 49

Inge wird erwachsen – hier erzählt sie selbst 69

Die Flucht 81

Unser Leben in Hamburg 113

Es geht langsam aufwärts 131

Wir erreichen das Ziel unseres Lebens 157

Inge wird drei Jahre

Inge hüpfte voller Freude im Zimmer umher, denn sie hatte bald Geburtstag und wurde drei Jahre. Immer wieder fragte sie, wie lange das wohl noch dauert. Mutti Hanna zählte an den Fingern acht Tage ab, dann war der 23.12.1944.

Inge ging zu ihrer Schwester Gudrun. »Was schenkst du mir?« Gudrun lachte. »Das verrate ich dir nicht, von Roland bekommst du etwas ganz Schönes.« Nun blieb Inge, vor Aufregung rote Wangen, die Hand auf dem Mund, stehen. Sie wusste, von Roland wurde sie immer verwöhnt. Er war ja ihr großer Bruder. Roland hatte sich im Kinderzimmer eingeschlossen. Er bastelte für Inge einen Stoffhund. Von Mutti bekam er Stoffreste. Den Kopf und den Körper hatte er schon fertig. Mutti wollte er fragen, ob sie ihm die Beine, den Kopf und den Schwanz annäht. Aber erst einmal verdunkelte Hanna das Fenster mit einer Decke. Es sollte kein Licht gesehen werden. Eine Kerze stellte sie auf den Tisch. Wenn die Stromsperre anfängt, wollte man das Nötigste sehen. »Wenn die Flieger kommen, dürfen sie nicht das helle Licht sehen, dann werfen sie Bomben ab. Und unser Haus ist kaputt.«

Gudrun war traurig, sie konnte dann nicht mehr weitermalen. Roland sagte: »Und wir sind dann auch kaputt.« Von Gudrun bekam Hanna einen Kuss und sie bettelte. »Bitte, Mutti, und jetzt nur noch eine Geschichte lesen, bitte, bitte.« Hanna streichelte Gudrun ganz lieb. »Na gut, ich will es wieder versuchen.« Die Stromsperre hatte begonnen und die Kerze wurde ganz dicht an das Buch geschoben und los ging es. Die Kinder hörten voller Freude aufmerksam zu und sie dachten alle: »Mutti ist die Beste«.

Nach zwei langen Geschichten klappte Hanna das Buch wieder zu, denn es war Brotzeit. Der selbst gefertigte Käse und die Margarine kamen auf den Tisch mit einer Kanne Malzkaffee. Der Sirup, den Hanna aus Zuckerrüben kochte, durfte auch nie fehlen. Die Wurst konnte man sich nur einmal in der Woche, am Sonntag, leisten. Wegen der kleinen Inge bekam Hanna noch etwas mehr Butter auf der Lebensmittelkarte zugeteilt. Bei guter Einteilung bekamen so die drei Kinder ein Frühstück. Hanna passte immer sehr gut auf, dass alles ausreicht, denn so eine Karte gab es nur einmal im Monat.

Nach dem Abendessen sah Hanna noch die Schulaufgaben von Roland durch. Dann fragte Gudrun nach Vati und rieb sich die Augen. Inge plapperte nach. »Ja, Vati kommt.« Hanna holte ein Bild vom Schrank, hielt es so in der Hand, dass es alle gut sehen konnten. »Er denkt ganz bestimmt jeden Tag an uns und wenn der böse Krieg vorbei ist, wird er kommen.«

Inge sah nun ganz genau das Bild an, denn sie kannte ihren Vati ja nicht. Hanna schaute zur Uhr und stellte fest, dass es für die Kinder Zeit war, ins Bett zu gehen. Sie füllte warmes Wasser in die Waschschüssel, denn Inge war die Erste. Sie protestierte: »Nein, Mutti, noch nicht ins Bett.« Hanna lachte. »Jeden Abend dasselbe. Du darfst auch noch ein wenig mit dem Wasser planschen.«

Inge merkte so nicht, dass sie dabei gewaschen wurde. Hanna füllte eine aus Metall geformte Wärmflasche mit heißem Wasser und brachte sie an Inges Bett. Das Kinderzimmer war im Winter sehr kalt, denn einen Ofen gab es nicht. Nun hatte auch Inge ihr

Nachthemd an und sie rannte los mit einem Hops in das Bett. Hanna deckte sie zu und das Abendgebet wurde gesprochen. Dann gab es noch einen Gute-Nacht-Kuss.

Nachdem Gudrun und Roland auch schlafen gegangen waren, beschloss Hanna, ihrem Mann Hans einen Brief zu schreiben und hoffte sehr, er würde bald aus Russland zurückkommen. Sie schrieb über die Kinder und ihre Schwester Emma. Emma war ins Krankenhaus gekommen. Hatte sich an der Hand eine Infektion zugezogen. Die Schmerzen waren sehr schlimm und die Entzündung war schon so weit fortgeschritten, dass der Arm voller Eiter war und er sollte aufgeschnitten werden. Sie erwähnte noch Inges Geburtstag, dass sie kein Geschenk finden konnte – es gab nichts zu kaufen – und sie war sehr traurig darüber. Nachdem der Brief fertig geschrieben war, dachte Hanna noch über den nächsten Tag nach. Sie merkte schon bald, sie war erschöpft und konnte vor Müdigkeit nicht mehr denken. Also beschloss sie, auch schlafen zu gehen.

Hanna hatte eine unruhige Nacht. Sie dachte, irgendetwas könnte passiert sein. Roland und Gudrun wurden zuerst geweckt, sie mussten zur Schule. Gudrun war in der ersten Klasse und mächtig stolz, ein Schulmädchen zu sein. Den Schulweg gingen Roland und Gudrun gemeinsam. Hanna war stolz auf ihren Sohn, er passte sehr gut auf seine Schwester auf. Inge trödelte morgens immer. Diesmal mahnte Hanna sie zur Eile. Von dem Brot mit Kunsthonig hatte sie erst ein Häppchen gegessen. Ihre Gedanken gingen immer wieder zu Emma. Sie holte für Inge die wärmsten Kleider, denn draußen war es bitterkalt. So kalt, dass am Fensterglas die Eisblumen zu erkennen waren. Hanna zog Inge den warmen Mantel an und setzte die Mütze auf. »Nun wollen wir ganz schnell zu Tante Emma. Sie freut sich doch, wenn wir kommen.«

In Inges Gesicht war keine Begeisterung zu sehen. Sie verzog den Mund und hielt sich die Nase zu. Hanna konnte das gut verstehen. Emma lag in einem großen Raum, wo ca. 40 Leute untergebracht waren. Nachdem nun Inge warm angezogen war, zog sich Hanna den Mantel über und sie gingen beide aus dem Haus, überquerten die Frenzelstraße, gingen nach links auf die Ortsstraße an der Feuerwehr vorbei und nach zehn Minuten waren sie im Krankenhaus. Sie wollte gerade in das große Zimmer gehen, als ihr eine Ärztin entgegenkam.

»Erschrecken Sie nicht, Ihre Schwester ist in einem anderen Raum. Es geht ihr sehr schlecht. Die Entzündung ist schon bis zur Schulter gewandert. Sie wurde viermal aufgeschnitten, damit der Eiter abfließen kann. Wir haben auch kein Verbandszeug mehr. Das geht alles an die Front zu den verletzten Soldaten.« Sie fragte nun Hanna, »Haben Sie noch Verbandszeug? Dann bringen Sie es ganz schnell. Von dem Essen hier kann sie auch nicht gesund werden. Warme Mahlzeiten braucht sie sehr dringend.«

Hanna war entsetzt und sie weinte. »Ich werde ihr alles bringen, was sie braucht«, sagte sie leise. »Sagen Sie mir bitte, wo sie jetzt ist.« Die Ärztin ging mit ihr den Gang ein Stück entlang und stieß eine Zimmertür auf.

Es war ein kleiner weiß gekachelter Raum. Emma lag allein und sie stöhnte ganz fürchterlich. Der Anblick war schlimm und der Geruch kaum auszuhalten. Hanna fragte die Ärztin, ob sie Inge mit in das Schwesternzimmer nehmen könne. »Ich hole sie auch gleich wieder ab.« Die Ärztin sagte sofort zu. »Das ist kein Ort für Kinder.« Hanna seufzte, sie war verzweifelt, weil sie ihrer Emma nicht helfen konnte, ihre Schmerzen zu lindern. Sie trocknete schnell die Tränen und ging zu ihr. Sie legte die Hand auf ihre Stirn, es tat ihr gut. Einen Augenblick sah sie zu Hanna auf und wurde im nächsten Moment bewusstlos. Hanna ging in das Schwesternzimmer und berichtete über ihre Schwester. Sie beruhigten Hanna. »Wir gehen gleich zu ihr und helfen, wo wir nur können.«

Nun nahm Hanna Inge an die Hand und ging mit ihr nach Hause. Sie überlegte, zu Hause angekommen, was sie wohl an Verbandszeug auftreiben konnte. Die kleinen Binden, die sie immer in Reserve hatte, waren zu wenig. Da kam ihr eine Idee, sie dachte an Bettlaken. Die wollte sie zu Binden schneiden. Sie dachte zwar, dass ein Laken nicht ausreiche, aber mehr konnte sie nicht entbehren. Sie beschloss, ihre Schwägerin Edith um Hilfe zu bitten. Das war aber nicht so einfach. Sie konnte ja nicht vier Kilometer nach Schaala laufen, um zu fragen. Weil Hans vor dem Krieg selbstständig war, hatte sie ein Telefon, aber Edith nicht.

Um sie trotzdem erreichen zu können, suchte sie die Telefonnummer von dem kleinen Lebensmittelladen in Ediths Nachbarschaft und rief dort an. Eine Frau meldete sich. »Ich bin in Eile, kann hier nicht weg, bin allein, rufen Sie doch in der Gaststätte an.« Hanna tat es und man sagte ebenfalls, »keine Zeit.« Hanna versprach, dass sie in der nächsten Woche kommen und ein Stück Butter mitbringen würde, wenn sie ihrer Verwandten nur die Information überbringen würden. Nun sagte der Mann am anderen Ende der Leitung zu und Hanna war sehr erleichtert, dass es doch noch zu einer Lösung kam.

Sie überlegte nun, wie sie das Stück Butter abzweigen konnte, ohne den Kindern etwas wegzunehmen. Sie wollte in den Milchladen gehen und um ein Stück Butter zusätzlich bitten. Als Begründung wollte sie von der kranken Schwester Emma erzählen. Sie hoffte auf Verständnis und Hilfe.

Es klingelte an der Tür. Hanna sah zur Uhr und erschrak. Es war schon Mittagszeit und Gudrun kam aus der Schule. Inge rannte schnell zur Tür und ließ Gudrun herein. Die Freude war groß und sie tanzten im Flur umher. Hanna schimpfte Inge. »Du darfst die Tür nicht allein aufmachen. Es kann ein böser fremder Mensch hinter der Tür stehen.« Nun machte Inge einen Schmollmund. »Ich will auch zur Schule gehen.«

»Du bist ja noch viel zu klein«, sagte Gudrun.

Hanna ging schnell zum Herd, um das Mittagessen für die Mädchen zu bereiten. Roland kam erst zwei Stunden später nach Hause, er ging schon in die vierte Klasse. Es gab Kartoffelpuffer. Die Kinder mochten sie so gern.

Als sie fertig gegessen hatten, klingelte das Telefon. Die Schwägerin, Edith, meldete sich. Sie sagte, dass sie gleich nach Hannas Anruf mit Herrn Kister in die Gaststätte zurückgelaufen sei. Den Schreck konnte man noch in ihrer Stimme hören. Hanna erzählte ihr, dass das Krankenhaus kein Verbandszeug mehr habe. Sie bat ihre Schwägerin darum, auch ein Bettlaken zu Binden zu schneiden. Edith sagte sofort zu. Herr Kister übernahm das Telefon und erklärte Hanna, er werde in der nächsten Woche nach Rudolstadt zum Einkaufen kommen. Er wolle das zerschnittene Laken dann mitbringen. Die Freude bei Hanna war groß. Sie hörte noch, wie sich Edith bei Herrn Kister bedankte. Dann sagte sie: »Liebe Grüße und gib Emma einen Kuss von mir.«

Erleichtert legte Hanna den Hörer in die Gabel und holte tief Luft. Gudrun wollte ganz genau von ihrer Mutti erfahren, was mit Tante Emma passiert war. »Sie wird bald wieder gesund werden«, beruhigte sie Hanna. Sie fragte Gudrun, was sie wohl in der Schule gelernt habe. Stolz holte sie ihre Schiefertafel aus dem Ranzen und schrieb: »Hund, Auto, Baum«.

»Toll«, sagte Hanna. »Du hast alles richtig geschrieben. Nun machst du nach dem Essen deine Hausaufgaben.«

Es klingelte wieder an der Tür. Sie öffnete und da stand ein trauriger Roland. Hanna ahnte etwas. »Hast du dein Diktat korrigiert zurückbekommen?« Roland nickte, rannte in das Kinderzimmer und weinte bitterlich. Hanna wollte schimpfen, aber sie besann sich. »Du wirst dich auf das nächste Diktat besser vorbereiten. Ich helfe dir dabei.« Roland sah seine Mutti dankbar an und fragte: »Was gibt es denn zu essen? Ich habe einen Bärenhunger.«

Nach dem Abwasch ging Hanna zum Milchladen. Gudrun und Roland waren mit den Schulaufgaben beschäftigt und Inge sollte zum Mittag schlafen. Es war ihr sehr peinlich, wegen der Butter zu fragen, aber es musste sein. Im Laden waren noch Leute und sie wartete geduldig, bis die letzte Kundin ging.

Herr Hagen, der Verkäufer, fragte sehr freundlich: »Frau Busch, was darf es denn heute sein?« »Ich brauche ein Stück Butter. Kann es aber nicht mit meiner Lebensmittelkarte bezahlen.« Sie erzählte nun alles über ihre Schwester und als sie zum Schluss kam, hatte sie vor lauter Verlegenheit ein purpurrotes Gesicht. Herr Hagen sah sie an und überlegte lange. »Ich darf es nicht, das wissen Sie. Ich bekomme für mich und meine Frau auch eine Zuteilung. Aber ich kann ja auch Margarine essen und gebe Ihnen mein Stück Butter ab. Ich hoffe, ich habe damit Ihrer Schwester geholfen und sie wird wieder gesund.« Hanna kämpfte mit den Tränen und sie bedankte sich. »Das vergesse ich Ihnen nie. Ich hoffe, ich kann es wieder gut machen.«

Während Hanna nach Hause lief, dachte sie über ihre Kinder nach und hoffte, dass sie in ihrer Abwesenheit artig gewesen waren. An der Wohnungstür angekommen, hörte sie Inge weinen. Sie schloss schnell auf, da kam Inge ihr mit bunten Farben im Gesicht entgegen. »Aber Inge, du darfst doch nicht das Gesicht bemalen, dazu nimmt man Papier.« »Ich habe kein Papier, hat Gudrun!

Habe auch keine Stifte«, sagte Inge trotzig. »Du kannst dir das ja vom Weihnachtsmann oder zum Geburtstag wünschen«, meinte Hanna beschwichtigend, aber Inge schmollte weiter. Sie wollte unbedingt Gudruns Buntstifte haben.

Da kam Roland in das Zimmer und sah Inge an. Schnell ging er zu ihr und nahm sie in die Arme. »Warum weinst du?« »Ich will auch Farbstifte und damit malen.« »Ich kann dir zwei Stifte abgeben«, beruhigte er sie. Schnell holte er zwei Stifte. Inge war glücklich und gab Roland einen Kuss. Er nahm den roten Stift und fragte: »Was ist das für eine Farbe?« »Rot«, antwortete sie sofort. Dann zeigte er ihr den grünen Stift und fragte. Inge dachte nach und dann rief sie: »Blau«.

»Stimmt nicht, das ist grün.« Inge dachte bis zum Abend immer wieder über die Stifte nach. Als sie im Bett war, hielt sie ihre Stifte fest in der Hand. »Nun lege sie bitte auf den Tisch«, sagte Hanna. »Die nimmt dir keiner weg. Sonst schmieren die Farben an die Bettwäsche.« Inge tat es ungern, aber es half nichts.

Nachts schreckte Hanna auf. Sie hörte die Sirene. Ein Fliegerangriff wurde gemeldet. Schnell ging sie von einem Bett zum anderen. Sie rüttelte Gudrun an den Armen. »Schnell, zieh dich an, wir müssen in den Luftschutzkeller.«

Sie nahm Gudruns Kleider und half ihr beim Anziehen. Diese begriff nichts und legte sich wieder hin. Nun schubste Hanna Roland an und rief: »Schnell anziehen, die Flieger kommen.« Rolands Kleider legte sie auf das Bett. Dann ging sie wieder zu Gudrun und half ihr beim Anziehen. Danach zog sie Inge an. Inge schlief dabei ganz fest weiter. Hanna drehte sich um und sah, wie sich Roland wieder auszog. Er wollte sich wieder hinlegen. Er machte das nicht bewusst, die Müdigkeit war stärker. Hanna gingen die Nerven durch und gab Roland eine Ohrfeige. Nun weinte er leise und zog sich wieder an.

Hanna zog sich in der Eile auch etwas über. Während sie mit den Kindern zum Hausflur ging, dachte sie an ihre Schwägerin, die schräg gegenüber wohnte. Ob sie wohl mit ihren Kindern auch unterwegs war? Am Tag verständigten sie sich, indem sie sich mit einem Tuch zuwinkten. Nachts ging das nicht und Hanna hoffte, dass Schwägerin Gretchen es geschafft hatte, ihre Kinder zu mobilisieren und selbst auch auf dem Weg in den Schutzbunker war. Im Hausflur stand Inges Karre. Gudrun setzte sich als Erste hinein. Inge setzte sich vor sie, beide mit angewinkelten Beinen. Roland fasste die Karre mit an und musste mit Hanna rennen. Sie rannten so schnell sie konnten. Sie hörten die Sirene bereits zum dritten Mal tönen. Am Horizont sah man schon die Lichter von den Flugzeugen.

Mit letzter Kraft pochte sie an die Tür des Luftschutzkellers. Die Tür wurde ein Stück geöffnet. Leute halfen Hanna, dass sie schnell hineinkam. Die Tür musste wieder zu. Wenn die Bomben abgeworfen wurden, entstand ein enormer Luftdruck, der Schlimmes anrichten konnte. Hanna war erleichtert, ihre Plätze waren freigehalten worden.

Inzwischen kannte man sich. Inge kam auf Hannas Schoß. Rechts und links kuschelten sich Gudrun und Roland an ihre Mutti und schliefen wieder ein. Als die Entwarnung gegeben wurde, waren die vielen Leute sehr glücklich, aus dem Raum mit der verbrauchten Luft gehen zu können und wieder nach Hause zu kommen. Der Schulunterricht am nächsten Tag fiel aus und alle konnten ausschlafen.

Hanna war trotzdem schon früh aufgestanden. Sie wollte für Inges Geburtstag einen Kirschkuchen backen. Im Sommer hatte sie die Kirschen in Gläser eingekocht und in den Keller gestellt. Sie war sehr froh darüber, einen kleinen Vorrat zu haben. Jetzt hörte sie das Signal vom Krankenwagen und lief auf die andere Seite der Wohnung, wo man die Straße und die gegenüberliegenden Häuser gut erkennen konnte.

Sie sah voller Entsetzen, dass das Wohnhaus von ihrer Schwägerin, dem Gretchen, von einer Bombe zerstört worden war. Sie zog den Mantel über und rannte, so schnell sie konnte, dorthin. Indes waren schon viele Leute dabei, Trümmer wegzuräumen, um eventuell Überlebende zu finden. Der Einschlag war so gewaltig gewesen, dass keine Wohnung heil geblieben war. Auch nicht die Wohnung im Parterre, wo Gretchen lebte. Sie sah gegenüber der Straße, wo auch das Krankenhaus war, ihren Schwager Ernst, Gretchens Mann, auf Krücken gestützt stehen. Er musste das schreckliche Geschehen seiner Familie erleben. Wegen eines Beindurchschusses hatte er im Krankenhaus gelegen. Hanna ging zu ihm. Sein Schmerz war so tief, dass er sie nicht wahrnahm. Die Tränen trübten seine Augen. Erst als sie ihn ansprach, horchte er auf. »Mein Gretchen und die Kinder, da kann doch keiner mehr leben.« Sie umarmte Ernst. Sie konnte ihn nicht trösten. Zu groß war die eigene Qual. Beide weinten und konnten die furchtbare Tatsache nicht begreifen.

Hanna dachte an ihre Kinder, sie könnten ausgeschlafen haben. Sie musste zurück und sagte es Ernst. »Ich kann auch nicht mehr stehen und gehe in das Krankenhaus und lege mich auf mein Bett. Ich werde später wiederkommen.« »Ja, das habe ich auch vor.« Zu Hause angekommen, wurde Hanna von einer weinenden Inge erwartet, die durch die Wohnung lief und ihre Mutti suchte. »Ich habe nur noch etwas besorgt«, sagte sie. Um sie zu beruhigen, nahm Hanna sie in die Arme. Ihren beiden Mädchen wollte sie noch nichts von dem Unglück erzählen. Inge sollte einen schönen Geburtstag erleben. Sie freute sich doch so sehr.

In Eile machte sie das Mittagessen fertig und stellte es auf den Tisch. Roland sollte auf die Mädels aufpassen und Hanna rannte schnell wieder zum Unfallort. Dort stand auch Ernst wieder. Sie hörte ihn leise sagen: »Alle sind eben tot geborgen worden. Die Schwiegermutter, Anna, fehlte. Ich kann nicht mehr, muss zurück.«

Hanna ging mit ihm bis zum Eingang, versuchte ihn zu trösten, schwieg aber schnell wieder, seine Gedanken waren weit weg. Sie sah einen Pfleger kommen und bat ihn, Ernst auf sein Zimmer zu bringen. Dann ging sie, wie in Trance, zurück nach Hause.

Am nächsten Tag klingelte es an der Wohnungstür. Es war die Schwiegermutter Anna. Sie hatte ihre Schwester in Weimar besucht. Hanna ging mit ihr in das nächstgelegene Zimmer. Anna setzte sich. Sprechen konnte sie nicht. Sie begriff nicht, dass ihr Gretchen und die Kinder nicht mehr lebten. Der Schmerz in ihr war so tief, dass sie nur noch allein sein wollte. Sie blieb in diesem Zimmer und wohnte fortan immer dort.

In dieser Nacht versuchte Hanna, ihre Gedanken zu ordnen. Es gelang ihr nicht so recht. Was sollte jetzt als Erstes getan werden? Inges Geburtstag war in zwei Tagen. Gudrun und Inge sollten nichts erfahren. Nur Roland, der sollte es wissen. Er wollte morgen nach der Schule das Essen zu seiner Tante Emma bringen.

Als Roland aus der Schule kam, sah er mit einem traurigen Blick seine Mutti an und ging in das Kinderzimmer. Er hatte in der Schule alles erfahren. Hanna ging zu ihm. »Wegen des Geburtstags wollte ich Gudrun und Inge nichts sagen. Dir wollte ich alles nach der Schule erzählen, wenn ich dich darum bitte, das Essen zu Tante Emma zu bringen. Dann hättest du das auf dem Weg gesehen. Ich backe nun noch schnell den Kuchen.« Roland sah seine Mutti nun nicht mehr so böse an. Er stand auf, nahm die Tasche mit dem Essen und ging.

Am nächsten Tag war Inges Geburtstag. Hanna legte eine weiße Tischdecke auf und stellte drei Kerzen in die Mitte. Die Kirschtorte und ein kleiner Rührkuchen wurden aufgetragen und ein kleines Schälchen mit Bonbons. Auf dem Geburtstagstisch war der gebastelte Stoffhund von Roland und ein Bildchen von Gudrun. Ein Zeichenblock und Buntstifte waren auch dabei. Und von Mutti bekam sie eine selbstgestrickte Mütze dazu. Von dem lieben Nachbarn, Herrn Möbius, bekam sie ein Buch mit vielen schönen Bildern und Geschichten. Als Inge morgens in das Zimmer kam, war sie so verwundert, dass sie nur dastand und staunte. Sie wischte sich dabei den Schlaf aus den Augen und konnte sich gar nicht sattsehen an all den schönen Dingen. Drei Kerzen wurden angezündet. Und Inge zeigte auf jede Kerze. »Jetzt bin ich drei Jahre.«

Sie hopste vor lauter Freude zu Mutti. Dann zu Roland und nahm den Stoffhund in die Arme, dann wieder zu Gudrun und gab jedem einen dicken Kuss. Am Nachmittag wurde aus dem neuen Buch vorgelesen und anschließend *Mensch ärgere dich nicht* gespielt. Roland hatte seiner kleinen Schwester gern dabei geholfen. Als es Abend wurde und Zeit in das Bett zu gehen, sagte sie: »Das war mein sönster Gebortstag.«

Inge ging freiwillig mit ihrem Hund ins Bett. Er sollte »Stubsi« heißen. Als Roland und Gudrun auch schlafen gegangen waren, holte Hanna einen kleinen Tannenbaum aus dem Keller und schmückte ihn für den nächsten Tag – zum Heiligen Abend. Danach wurde sie sehr müde. Der Tag war lang gewesen und die schrecklichen Ereignisse vom Vortag taten so furchtbar weh, dass sie trotzdem nicht gleich einschlafen konnte.

Am nächsten Tag konnte sie Gudrun und Inge bei dem Ehepaar Möbius abgeben. Roland brachte das Essen wieder zu Emma. Hanna konnte sich um das Weihnachtsfest kümmern. Die Geschenke kamen unter den Baum. Herr Möbius hatte für die Kinder wunderschöne Dinge gebastelt. Roland bekam einen Kaufmannsladen aus Holz. Inge eine kleine Wiege mit einem Püppchen drin. Von Hanna bekam Gudrun eine große Puppe mit einem echten Porzellankopf. Herr und Frau Möbius waren wie immer zum Heiligen Abend mit dabei und freuten sich stets, wenn die Kinder so eifrig mit ihren neuen Sachen spielten. Für Hanna waren die zwei eine echte Stütze und es war eine wahre Erleichterung, diese Freunde zu haben. Aber auch Oma Anna war mit dabei. Sie saß still auf dem Sofa und hatte ganz bestimmt ihre Gedanken bei ihrer Tochter und deren Kindern.

Hanna holte die Glocke und läutete. Die Kinder konnten es vor Spannung kaum erwarten. Schon waren sie in der Wohnstube. Da standen sie und bestaunten den geschmückten Baum. Roland lugte schon mal heimlich unter den Baum. Konnte aber nichts erkennen. Für eine kurze Zeit konnte Hanna ihren Kummer vergessen. Roland stellte sich als Erster vor den Tannenbaum, um sein Gedicht aufzusagen. Dann auch Gudrun. Und nun Inge. Sie tapste von einem Bein auf das andere und sagte mit roten Bäckchen: »Hab' vergessen.« Mutti Hanna half ihr mit »Lieber guter Weihnachtsmann, sieh mich nicht böse an«, und nun Inge, – »ich bin artig.« Herr Möbius musste lachen, denn einen Weihnachtsmann gab es ja nicht. »Ihr habt es wunderschön aufgesagt. Nun könnt ihr eure Geschenke bewundern.« Die Kinder waren so glücklich über die wunderschönen Dinge. Sie sahen nicht, dass Oma Anna sehr traurig war und leise aus dem Zimmer ging.

Inge kommt zur Schule

Mutti Hanna schaute zur Uhr und mahnte Inge. »Jetzt werden wir uns umziehen, denn in zwei Stunden ist die Schuleinführung in der Schillerschule.« Inge war noch sehr beschäftigt. Sie malte noch eifrig und war dabei, ein großes »A« auf das Papier zu schreiben. »Siehst du, Mutti, ich kann schon malen und schreiben,« sagte Inge voller Stolz »Du wirst noch sehr viel mehr lernen,« sagte Hanna lachend. »Eine Zuckertüte bekomme ich heute doch auch?«, rief Inge fröhlich. »Kommt Vati auch mit?« Sie freute sich. Seit ihr Vati aus dem Krieg zurück war, sollte er immer in ihrer Nähe sein. Hanna erklärte ihr, dass er erst am Abend dazukomme. Er musste ja arbeiten. »Schade«, sagte Inge.

Hanna war im Haus mit der Familie Spröh befreundet und die erwachsene Tochter der Familie, Helga, wollte die Zuckertüte für Inge besorgen. Hanna hatte keine im Geschäft kaufen können. Die Sachen, die in die Tüte kamen, hatte sie schon am Vortag zur Nachbarin gebracht. Sie fragte nur noch einmal bei Spröhs nach, ob alles gut hineinging. »Ja, sie ist fertig, Helga hat sie mit in ihre Wohnung genommen. Die Tüte wird sie rechtzeitig in der Schule abgeben.« Hanna war doch ein wenig in Sorge, dass sie nicht rechtzeitig fertig würde. Dachte aber, es würde schon klappen. Sie holte nun Inges Faltenrock und die neue Bluse aus dem Schrank. Inge zog beides an und sie fand sich so schick. Sie sprang immer wieder hin und her. Konnte nicht mehr stillsitzen vor lauter Aufregung. Als Hanna sich auch umgezogen hatte, bekam Inge noch eine Jacke an, denn es war September und schon recht kühl.

In der Schule angekommen, sah sich Hanna erst einmal um. Es hing ein Schild mit einem Pfeil, mit dem Wort »Schulanfänger« und einer Zeichnung mit fröhlichen Kindern darauf. Der Raum war schnell zu finden, denn viele Leute gingen den Weg auch mit ihren Kindern. Hanna nahm Inge an die Hand und ging in den Raum. Inge staunte, als sie den großen Zuckertütenbaum mit den vielen Zuckertüten sah. Die meisten waren selbst gebastelt und recht klein. »Ob da wohl auch meine Zuckertüte dabei ist?«, fragte Inge. »Ganz bestimmt ist sie auch dabei,« sagte Hanna.

Pünktlich um 10:00 Uhr wurde die Ansprache gehalten. Inge war daran überhaupt nicht interessiert. »Wann bekommen denn alle Kinder ihre Zuckertüte?«, fragte sie leise ihre Mutti. Sie verstand schon, dass sie nicht einfach zwischenreden durfte. Die Zeit der Ansprache war vorbei und für alle Kinder begann es, spannend zu werden. Der Lehrer rief die Namen der Kinder auf und jedes konnte einzeln nach vorn kommen. Dann wurde die Tüte vom Baum genommen. So wurde ein Name nach dem anderen aufgerufen. Inge sah immer wieder zu ihrer Mutti hoch und Hanna wurde schon total unruhig. Jetzt wurde die letzte Tüte vom Baum genommen und für Inge gab es keine. Sie weinte. Dicke Tränen rollten über ihr Gesicht. Der Lehrer sah das und kam schnell zu ihr. »Es tut mir leid, Frau Busch. Sie sehen, der Baum ist leer. Da wurde keine Tüte abgegeben.« Hanna bedankte sich und ging schnell mit Inge davon.

Sie liefen die Anton-Sommer-Straße nach Hause. Da sah sie, dass jemand in der Ferne winkte, mit einer Zuckertüte im Arm. Erst als die Person etwas näher kam, erkannte sie Helga. Inge sah sie nun auch und lief ihr entgegen mit einem total verweinten Gesicht. Sie gab Inge die Zuckertüte in den Arm und sagte: »Du warst jetzt so enttäuscht, aber nun hast du die allerschönste Zuckertüte.« Inges Freude war jetzt so groß, dass sie Helga mit glücklichen Augen ansah und lachte. Und sie nickte dazu. Helga entschuldigte sich bei Hanna. »Ich konnte nicht rechtzeitig weg. Es ist etwas dazwischengekommen.« Obwohl sie noch sehr traurig war, bedankte Hanna sich bei Helga und sie gingen gemeinsam nach Hause. Hanna konnte Helga auch keinen Vorwurf machen. Sie hatte ja geholfen, eine Zuckertüte zu besorgen.

Zu Hause angekommen, konnte Inge ihre Tüte erst einmal begutachten. Nun lag vor ihr, worauf sie so lange warten musste. Sehr schön bunt war sie und Bilder waren auch darauf. »Ich habe wirklich die schönste Zuckertüte.« Inge konnte nicht mit Staunen aufhören. Der Inhalt war ihr erst einmal gar nicht wichtig. »Mutti, hast du gesehen, wie schön die Farben sind. Und so schöne Bilder sind drauf.« Hanna streichelte Inge über das Haar und sagte: »Ich finde sie auch wunderschön.« Es klingelte an der Wohnungstür. Gudrun kam schon früher. Wegen der Schuleinführung hatten die Lehrer keine Zeit. »Oh, ist die Tüte schön, aber was ist denn da nun drin?«, fragte Gudrun. Inge öffnete sie ganz vorsichtig. Da kamen auch gleich Äpfel gekullert. Dann sah sie eine Tafel Fitalade, es war ein Ersatz für Schokolade, die es nicht gab. Dann einen dicken Malblock und Buntstifte. Ein kleines Püppchen war auch noch drin.

Inges Freude konnte niemand bremsen. Sie tanzte umher. Sprang auf den Stuhl und hopste wieder runter. Gudrun machte mit und dann kullerten sie auf dem Sofa herum und lachten und lachten.

Gudrun meinte jetzt, »Du hast noch nicht alles rausgeholt.« Inge sah nach. »Hier ist noch ein Schwamm, warum?«

»Der ist für die Schiefertafel, damit du sie auch immer schön sauber machen kannst.«

Als Vati Hans am Abend nach Hause kam, brachte er für Inge einen Ranzen mit. Er war aus Kunststoff und an der Seite mit bunten Kunststoffbändern umflochten. Einen Lederranzen hatte er nicht kaufen können. Inge sah hinein, ob auch alles reinpasst. »Oh, da ist ja eine Schiefertafel, den Schwamm habe ich ja schon.«

»Den binden wir gleich an die Tafel mit einem Band fest. Dafür ist das Loch am Tafelrand.« Als alles fertig war, drückte sie ihren Vati und ihre Mutti ganz fest und gab beiden einen Kuss. »Bitte, Mutti, schreibe doch bitte auf die Tafel Mutti Vati.«

Hanna tat es und Inge malte mit viel Fleiß und Ausdauer die Buchstaben nach. Sie waren noch schief und krumm, aber man konnte es schon erkennen, was es heißen sollte. »Jetzt bin ich ja ein Schulkind«, sagte Inge.

»Ja«, sagte ihr Vati und gab ihr einen Klaps auf den Po. »Am Montag ist dein erster Schultag.« »Da gehe ich aber mit Roland und Gudrun hin«, meinte sie ganz ängstlich. Jetzt kam Gudrun herein. »Monika ist an der Tür und will mit dir spielen.« Die Schule war vergessen und schon rannte Inge freudig davon. Nahm noch ihr neues Püppchen mit, das in der Zuckertüte war.

Gudrun wusste so gar nicht, was sie tun konnte. Ihre Freundin hatte keine Zeit, weil sie mit ihrer Mutter zum Einkaufen gehen wollte. »Du kannst ja etwas für mich tun«, sagte Hanna. »Du gehst zum Milchladen und holst Milch, Butter und etwas Käse.« Roland war gerade fertig mit seinen Schulaufgaben und Hanna bat ihn, doch mit Gudrun etwas aus dem Milchladen zu besorgen.

»Der Milchkrug ist so schwer.« Roland war das gar nicht recht. Er wollte doch mit seinem Freund Fußball spielen. »Ihr seid doch schnell wieder da und du kannst danach ja noch los«, meinte Hanna. So bekam Roland die Milchkanne in die Hand. »Da passen zwei Liter rein und anderthalb Liter holt ihr.« Die Kanne war dann schon recht schwer, aber Roland war mit seinen zwölf Jahren bereits stark genug, sie zu tragen.

»Ich gebe euch die Lebensmittelkarte und 5 D-Mark«, sagte Hanna. »Ihr müsst sehr gut auf alles aufpassen. Wenn die Karte weg ist, können wir in diesem Monat nichts mehr kaufen.« Gudrun bekam eine kleine Tasche mit der Geldbörse und der Karte. »Wenn ihr das gut macht, gibt es für jeden einen Groschen (10 Pfennige).« Gudrun freute sich: »Da kann ich mir nächste Woche eine Tüte Brausepulver kaufen.«

Die Kinder liefen los. An der Ecke sah Roland seinen Freund Bert mit einem Ball stehen. Der wartete schon auf ihn. »Ich muss erst schnell zum Milchladen mit meiner Schwester.« »Ich habe einen neuen Ball«, sagte Bert.

»Lass mich nur einmal den Ball wegschießen.« Jetzt meldete sich Gudrun. »Das sage ich Mutti, wir sollen einkaufen.« »Alte Petze«, sagte Roland und ging ganz schnell weiter. Gudrun hatte Mühe mitzukommen. Nun mussten sie noch die Strumpfgasse entlang und dann waren sie da. Im Laden waren einige Leute und die beiden mussten warten. Roland wurde sehr ungeduldig. Herr Hagen fragte die Kinder, was sie besorgen wollten, und Roland gab ihm die Milchkanne. »Ich möchte eineinhalb Liter Milch.«

»Ihr kommt spät und ich will sehen, ob ich noch so viel habe. Ich kann euch nur noch einen Liter geben, mehr habe ich nicht. Von dem Weichkäse gibt es auch nur noch etwas und die Butter bekommt ihr auch.« Gudrun hatte alles in die Tasche gelegt und Roland nahm die Milchkanne. »Nun brauche ich aber noch die

Lebensmittelkarte und 5 D-Mark.« Gudrun legte das Geld aus der Geldbörse auf den Tresen und Roland holte die Lebensmittelkarte aus der Tasche. Herr Hagen lobte die beiden und gab Gudrun das Wechselgeld zurück. »Ihr macht das ja wirklich gut. Grüßt schön zu Hause.« Und schon gingen die Kinder aus dem Laden. Roland lief wieder mit großen Schritten. Gudrun kam nicht mit und eilte wieder hinterher.

Als sie am Ochsenhof ankam, bolzten Bert und Roland dort bereits mit dem neuen Ball. Die Milchkanne war auf einem Betonpfeiler abgestellt. »Du sollst aber mit der Milch nach Hause kommen«, sagte Gudrun weinerlich.

»Du kannst die Kanne mitnehmen, hast doch in der Tasche kaum etwas.« Gudrun tat, was ihr Bruder sagte. Nur noch die eine Kurve und dann war sie da.

Als Hanna sah, dass Gudrun allein vor der Tür stand, war sie sehr ärgerlich. »Roland hat Bert getroffen und jetzt spielen sie Fußball. Herr Hagen hat auch nur noch einen Liter Milch gehabt und Grüße soll ich auch bestellen.« »Du hast das alles sehr schön gemacht«, sagte Hanna. »Du bekommst jetzt auch den Groschen, den Roland bekommen sollte, dazu.« Gudrun freute sich sehr. Aller Ärger war vergessen.

Hanna sah, dass Hans in den Hof einfuhr. Er fuhr das Auto seines verstorbenen Vaters Max. Sein eigenes großes Transportauto und sein Pkw waren von der russischen Besatzung abgeholt und nicht wieder gebracht worden.

Für seine Arbeit als Viehhändler hatte sich Hans das Auto umbauen lassen. Das Führerhaus wurde verkürzt und ein Holzaufbau für Kleinvieh angebaut. Für größeres Vieh hatte er sich einen Anhänger angeschafft. So konnte der Viehtransport von den Dörfern zur Stadt einigermaßen durchgeführt werden. Die

Verdienstmöglichkeit war somit gesichert. Er konnte seine Familie und seine Mutter Anna ernähren.

Manchmal hatte der Vater Glück und er bekam etwas Wurst von den Bauern. Heute hatte er Glück und er bekam Schmalz und ein Glas Leberwurst. Vater kam in die Küche und stellte beides auf den Tisch. Es war auch Abendbrotzeit. Hanna sah es und freute sich. »Toll, ich habe sowieso keine Wurst mehr im Haus.« Sie umarmte ihren Hans und er lachte. Verlegen setzte er seine Brille wieder gerade auf die Nase, die bei der stürmischen Umarmung verrutscht war. Inge, die gerade in die Küche kam, sah die leckeren Sachen. »Das esse ich ganz allein.« Sie umfasste besitzergreifend das Glas. »Da wollen aber noch deine Geschwister, Oma, Mutti und ich etwas von haben«, sagte Vati Hans energisch. Sofort nahm sie die Hände vom Glas und Hanna mahnte. »Erst einmal werden die Hände gewaschen und dann rufe ich Roland und Gudrun zum Essen.«

Oma bekam ihr Essen auf ihr Zimmer. Sie mochte das so, weil sie wohl mit den Zähnen Probleme hatte. Hanna deckte den Tisch mit dem Käse, den die Kinder besorgt hatten, und einem Topf Sirup. Der Sirup fehlte nie, auch zum Frühstück nicht.

Während sie alle am Tisch saßen und aßen, machte Hans für den nächsten Tag einen Vorschlag. Es war Sonntag und das Wetter sah auch noch recht gut aus. »Wir machen einen Spaziergang nach Mörla und laufen über Schaala wieder nach Hause.« Hanna war begeistert, nur die Kinder nicht so.

»Ach, dann laufen wir wieder so weit«, sagte Inge. »Ja, wir besuchen doch in Schaala die Tante Emma.« Emma hatte die Zeit im Krankenhaus überstanden. Nur die linke Hand war verkrüppelt und steif geworden. Sie versuchte, damit fertig zu werden. Wohnte mit ihrem Bruder Hans und dessen Frau Edith in ihrem Geburtshaus. Emma bekam Hilfe, aber sie machte möglichst alles allein. Als die Kinder nun hörten, dass es zu Tante Emma ging, waren sie mit Begeisterung dabei. Hans machte die Freude noch größer und sagte:»Wir spielen im Wald Verstecken.« Die Kinder rissen die Arme hoch.»Toll, Vati, das machen wir«, sagte Roland.

Als sie fertig gegessen hatten, wurde der Tisch, auch von den Kindern, abgeräumt. Hanna war der Ansicht, dass auch Kinder Pflichten wahrnehmen müssen.»So ist das Leben. Erfahrung macht klug.«

»Vati, spielst du mit uns *Mensch ärgere dich nicht*?«»Ja«, sagte er,»ihr dürft mich nur nicht verlieren lassen« und lachte dazu. Hanna holte sich die vielen Strümpfe, die zu stopfen waren. Gudrun rannte los und holte das Spiel. Roland baute alles auf. Dann wurde eifrig gewürfelt und rausgeworfen. Inge konnte das überhaupt nicht vertragen und wollte nicht mehr mitspielen. Roland streichelte sie und beruhigend sagte er:»Du hast doch schon so gut zählen können. Das ist doch richtig gut, was du kannst.« Inge strahlte Roland an, zog den Stuhl wieder an den Tisch und weiter ging es.

Nach drei Spielen hatte Hans keine Lust mehr.»Ich bin heute in der Früh aufgestanden und hatte einen schweren Tag. Ich gehe jetzt schlafen. Ihr könnt ja weiterspielen. Denkt daran, wir wollen morgen früher los, weil wir nicht so spät nach Hause kommen dürfen. Inge wird ja am nächsten Tag zur Schule gehen. Roland und Gudrun, ihr werdet sie zu ihrer Klasse bringen und bitte geht dann auch nicht so spät los.« Vati Hans gähnte noch kräftig, dass es auch jeder hören konnte.»Gute Nacht und schlaft schön.« Die Kinder machten sich auch der Reihe nach fertig und gingen schlafen. Hanna war noch mit den zu stopfenden Strümpfen beschäftigt, konnte aber schon bald vor Müdigkeit den Faden nicht mehr in das Nadelöhr einbringen. Dann machte auch sie Schluss.

Am nächsten Tag war das Wetter gut genug zum Laufen. Die Wolkenfelder ließen es zu, dass sich hin und wieder die Sonne blicken ließ. Hans hatte einen Rucksack dabei. Im Wald konnte man immer etwas Interessantes finden, was man darin mitnehmen konnte, und etwas zu trinken packte er auch hinein. Sie liefen den Schlossaufgang hoch zum Schloss Heidecksburg und überquerten den Innenhof. Hans genoss den Anblick, er hatte ihn lange während der Kriegszeit nicht sehen können. Er war so glücklich, sein Rudolstadt und Umgebung wieder erleben zu können. Dann gingen sie weiter in den Wald hinein. Die Mädels rannten ein Stück den Waldweg entlang. Roland lief mit den Eltern. Er fühlte sich schon als ein kleiner Erwachsener mit zwölf Jahren. Inge kam zurück und fragte ihren Vati: »Und wann verstecken wir uns?«

»Wir laufen nur noch etwas weiter in den Wald, dann geht es los.« Hans erklärte den Kindern, dass man vielleicht Tiere hören und sehen kann, wenn man nicht so laut ist. »Ich höre gerade etwas klopfen oder hacken, was ist das wohl?« »Das ist ein Specht«, sagte Roland. Hans lobte ihn. »Gut, du weißt es. Es wird ein Buntspecht sein, er hat eine rote Brust. Vielleicht kann man ihn sehen.« Alle blickten die Bäume hoch, wo die Klopfgeräusche herkamen, man konnte aber nichts erkennen. Inge sah ein Vögelchen mit roter Brust. »Da«, sagte sie. Aber es flog ganz schnell wieder weg.

»Das war ein Rotkehlchen. Es ist ein ängstlicher Vogel. Will nie in der Nähe von anderen Vögeln sein«, sagte Hanna. Sie liefen auf dem Weg weiter und Gudrun freute sich, weil es überall raschelte und knackte. Gudrun wollte so gern ein Reh sehen. »Die sieht man am Tag sehr selten. Abends kommen sie an Lichtungen, wo Gras wächst, heraus, um zu fressen«, erklärte Hans.

Hans meinte: »Nun können wir verstecken spielen, bevor wir den Berg hinunterlaufen, nach Mörla. Dort wollen wir zum Mittag essen. Und jetzt versteckt ihr euch und ich stelle mich an einen Baum und decke meine Augen ab und zähle bis zehn. Dann habt ihr euch versteckt und ich kann suchen.« »Du darfst auch nicht gucken, Vati«, meinte Gudrun. Nun rannten alle in verschiedene Richtungen. Inge versteckte sich mit ihrer Mutti. Hans rief: »Ich komme!« Hinter einem Baum sah er Gudruns roten Rock, ging aber erst einmal vorbei. Dann hörte er Inges Kichern hinter einem Busch. Er lief noch etwas weiter. Er sah einen schönen Kletterbaum. Sein Blick ging nach oben und wirklich, der Klettermax Roland saß auf einem Ast. »Mist«, sagte Roland, »ich bin der Erste.« Dann ging Hans zu dem großen Busch, in dem es verdächtig raschelte. Inge wollte wegrennen, aber ihr Vati war schneller. Er nahm den kleinen Wirbelwind und drehte sich mit ihr rundherum. Dann ging er zum dicken Baum und rief: »Ich sehe jetzt einen roten Rock.« Gudrun kam hervor. »Hätte ich doch nicht den Rock angezogen.«

Nach dem zweiten Versteckspiel sagte Hanna: »Nun ist es genug. Wir werden jetzt den Berg runterlaufen, sonst wird es im Lokal zu voll und wir bekommen keinen Sitzplatz mehr.«
    In Mörla angekommen, war das Ausflugslokal gut besucht. Sie hatten Glück, ein Tisch wurde frei. Nach einer halben Stunde wurde das Essen serviert. Dann ging es weiter in Richtung Schaala. Die Kinder waren glücklich, als sie das Dorf erreichten. Roland und Gudrun kannten sich aus und rannten zum Haus von Onkel Hans. Hier wohnt auch Tante Emma, ihr Bruder. Am Haus angekommen, drückte Roland auf die untere Klingel.

Hans öffnete die Tür, dahinter stand Edith. »Was für eine Überraschung«, rief Edith und umarmte beide. »Tante Edith, Mutti und Vati kommen mit Inge nach. Wir wollen erst zu Tante Emma«, sagte Roland. »In der Zeit mache ich den Kaffeetisch fertig, ich habe noch guten Kuchen.«

»Wir essen deinen Kuchen sehr gern. Da ist immer Schokolade drin.« Und schon rannten sie eine Etage höher, zu Emma. Sie machten die Tür auf und begrüßten ihre liebste Tante stürmisch, so dass sie fast vom Stuhl fiel.

»Roland, du kommst gerade richtig. Ich bekomme an der Nähmaschine den Faden nicht durch das Nadelöhr.« Roland lachte, »deswegen sind wir durch das Dorf gerannt, weil ich dir helfen soll.« Emma gab Roland einen Stups und sagte: »Du bist schon ein lieber Bengel.« Gudrun sah sich die Modezeitschrift an, die auf dem Tisch lag. »Das Kleid hier ist so hübsch, guck mal, Tante Emma.« »Ja, das ist sehr schön. Die Bluse daneben nähe ich mir. Das dauert lange. Ich bekomme das aber hin.« Die Tür ging wieder auf, Hanna mit Hans kamen mit Inge herein. »Oh, du nähst ja sogar«, wunderte sich Hanna. »Ja, ich versuche es. Es wird schon klappen.« »Wir sollen alle zu Edith und Hans kommen. Der Kaffee ist fertig. Habe auch ganz großen Appetit«, fügte Hanna hinzu.

Ediths Heimat war das Hessenland. Ihre Verwandten schickten ihr Pakete, wo all die guten Sachen drin waren. Deswegen konnte Edith Kaffee kochen und einen Schokoladenkuchen backen. Welche Freude für alle. Es wurde viel miteinander geredet. So oft konnte man sich ja nicht sehen.

Als es spät wurde und höchste Zeit aufzubrechen, sagte Hanna: »Inge muss ausgeschlafen sein. Sie hat morgen ihren ersten Schultag.« Vati Hans streichelte seine kleine Tochter.

»Unsere Ilona hat ja noch ein paar Jahre Zeit, mit ihren zwei

Jahren«, lachten Edith und Hans. Edith hatte den Rest Kuchen, eine kleine Tüte Kaffeebohnen und Kakao in den Rucksack getan. »Morgen, zum Kaffee denkt ihr an uns.«

Man verabschiedete und bedankte sich und mit schnellen Schritten gingen sie nach Rudolstadt. Schon bald taten Inges Beine weh und Hans hatte sie auf seine Schultern genommen.

Alle waren geschafft, als sie endlich zu Hause angekommen waren. Die Kinder wollten nur eine Tasse Kakao. Hanna gab jedem ein Brötchen, die am Vortag übrig geblieben waren. Die wurden in vier Teile geschnitten und Gudrun und Inge tunkten sie in den leckeren Kakao. Damit waren sie zufrieden und glücklich. Dann gingen die Kinder zu Bett. Inge konnte vor Aufregung nicht schlafen. »Mutti, liest du bitte die Geschichte vom Abendstern vor?« »Aber ja, meine Kleine, du musst auch nur zwei Stunden morgen in der Schule sein. Hab keine Angst.«

Am nächsten Tag wurden alle um 6:30 Uhr geweckt. Um 8:00 Uhr fing die Schule an. Inge war noch total müde. Aber sie zog sich ohne Murren an und war ganz lieb. Sie wollte ja auch ein Schulmädchen werden. Hanna hatte jedem ein Butterbrot und eine Tasse Milch auf den Tisch gestellt. Ohne etwas im Magen sollten die Kinder nicht aus dem Haus gehen.

Um 7:30 Uhr ging es los. Sie brauchen eine halbe Stunde, bis sie in der Schule waren. Inge musste in die Klasse 1a und die war im Erdgeschoss. Roland nahm sie bei der Hand und führte sie in die Klasse. In der dritten Bankreihe von vorn blieb er stehen. »Nun setz dich da hin. Alle Kinder machen das so.« Es waren Klappsitze und für Inge erst einmal ungewohnt. Sie sah mit großen Augen zu Roland und die Tränen liefen ihr über die Wangen. »Ich will hier nicht bleiben.« »Und ich muss gehen, mein Unterricht fängt an«, sagte Roland etwas hilflos. Er drehte sich um und ging. Gudrun wartete an der Tür. Sie hörten noch

Inge laut weinen und rufen. Es half aber nichts. Sie musste lernen, sich einzufügen.

Nach zwei Stunden war Pause und für Inge Schulschluss. Roland und Gudrun kamen zu Inge in die Klasse. Sie saß noch mit gesenktem Kopf am Tisch. Mutti Hanna kam auch fast zur gleichen Zeit herein. Inge drehte sich um und sah alle. Total verstört, aber dennoch glücklich, umarmte sie ihre Mutti. Der Lehrer, der noch in der Klasse war, sah alles und kam. Er hatte in der Tasche eine ganz kleine Figur, einen Clown. »Den darfst du jeden Tag mitbringen. Der macht dich wieder froh.« Inge sah zu dem großen Mann auf und er war in dem Moment kein Fremder mehr. Sie nahm seine Hand und sagte glücklich: »Danke, Herr Schmitt. Ich komme morgen wieder.« Er lachte und dachte, »das Wiederkommen wird sie von nun an müssen.«

Hanna war in Eile. »Ich gehe mit Inge schnell wieder weg. Vati kommt zum Mittagessen.« »Wir gehen jetzt auch auf den Schulhof. Ist ja noch Pause. Bis nachher, Mutti und Inge«, sagte Roland. Gudrun und Roland winkten den beiden noch zu. Und Hanna verließ mit Inge den Schulhof, um unterwegs noch etwas einzukaufen. »Was hast du denn heute gelernt?« »Wir haben einen Baum gemalt und geschrieben. Ich muss das gleich noch einmal machen, war nicht gut. Die Kinder haben auch über meinen Ranzen gelacht.« Das hatte Hanna befürchtet. »Vati hat keinen anderen bekommen. Er kommt aber nächste Woche nach Gera, das ist eine große Stadt, dann wird er bestimmt einen anderen Ranzen kaufen können. Die Kinder werden sich wieder beruhigen und nichts mehr sagen.«

Zu Hause machte Hanna das Essen fertig und Hans kam auch pünktlich zur Tür herein. Er hatte, wie immer, einen großen Hunger. Nach dem Essen erzählte Inge ihrem Vati von dem Ranzen und den Kindern und noch vieles mehr, nur nichts von ihren Tränen. »Der Lehrer hat mir sogar noch etwas geschenkt«, sagte sie und zeigte auf den Clown. »Haben denn alle Kinder etwas geschenkt bekommen? Das waren doch viele.« »Nein, nur ich, weil ich so traurig war. Er soll mich fröhlich machen. Ich gehe nun auch jeden Tag zur Schule, Vati.« »Das hoffe ich doch auch, dass du ein braves Schulkind wirst und nicht mehr weinst. Dann wirst du auch Freunde finden und du wirst sehr froh darüber sein.«

Am nächsten Tag lief Hanna noch einmal den Weg mit Inge zur Schule. Der Unterricht begann erst um 10:00 Uhr. Vor dem Klassenzimmer verabschiedete sich Hanna. »Wenn du wieder nach Hause gehst, musst du sehr aufpassen, wenn du über die Straße läufst«, mahnte Hanna noch. Dann ging Inge mit mutigen Schritten zu ihrem Platz. Sie hatte ihrem Vati versprochen, keine Heulsuse zu sein.

Der Hochstand

Hanna ging für das Wochenende einkaufen. Zuerst zum Schlachter. Sie wollte einen Braten für Sonntag vorbereiten. Dazu gab es wie immer Thüringer Klöße. Ein Sonntag ohne Klöße war für sie und die Familie undenkbar. Anschließend ging sie zum Wochenmarkt. Sie wollte noch etwas Gemüse einkaufen. Es waren, wie immer, wenige Stände da. Man hatte auch nicht viel anzubieten. Möhren gab es nicht. Aber einen kleinen Weißkohl und eine Gurke konnte sie erwerben. Darüber freute sie sich. Hans hatte das Glück, etwas Gemüse in den Dörfern erwerben zu können.

Hanna suchte auf dem Markt noch nach Stoff. Für Gudrun und Inge sollte ein Kleid bei einer Schneiderin genäht werden. Zwei verschiedene Stoffe wurden ihr angeboten, die aber leider für Kleider ungeeignet waren. Die Frau am Stand bedauerte es sehr. »Ich bekomme neue Stoffe, kommen Sie doch in der nächsten Woche wieder.« Hanna bedankte sich. »Ich werde kommen.« Sie holte noch Milch, Butter und Käse und ging schnell nach Hause, weil Inge aus der Schule kam. Sie war nun schon über ein Jahr in der Schule und hatte sich sehr gut eingelebt.

Unterwegs kam sie an einem freistehenden Lautsprecher vorbei, aus dem laute Marschmusik tönte. Hanna dachte, dass es wohl zum Gründungstag der DDR, am 07.10.1949, so gewollt war. Eine Tribüne stand noch auf dem Marktplatz und die Schüler und Mitarbeiter der Betriebe waren daran vorbeigelaufen. Die Erstklässler bekamen alle ein blaues Halstuch und gehörten somit zu den jungen Pionieren. Inge war sehr stolz, bei dem Festakt dabei sein zu dürfen.

Hanna hatte gerade die Kartoffelsuppe auf den Herd gestellt, als es an der Tür klingelte. Inge war die Erste. »Ich habe ganz großen Hunger. Und mein Ranzen ist auch kaputt, dieses olle Ding«, fügte sie hinzu. »Du bekommst einen neuen, eine Bekannte hat einen sehr guten gebrauchten.« »Au fein, Mutti, ich freue mich. Und die Jungs machen sich dann nicht mehr darüber lustig.« Nach zwei Stunden kamen Roland und Gudrun. Beide brockten sich ein Stück Brot in die Suppe, weil sie sonst so schnell wieder Hunger bekamen. Nach dem Essen wurden Schulaufgaben gemacht.

Roland war zuerst fertig, aber die Mädchen brauchten länger. Er hatte etwas ganz Wichtiges vor, wollte Inge etwas fragen. »Ich gehe schon runter zum Ahornbaum. Will einen Hochstand bauen. Reichst du mir dann die Bretter zu?« Inge war sofort mit Begeisterung dabei, ihrem Roland zu helfen. »Ich bin gleich fertig, dann komme ich.«

Die Bretter für seinen Hochstand hatte Roland unter einem Busch versteckt. Leider nicht gut genug, ein anderer Junge hatte sie entdeckt. Roland kam gerade dazu, als der Junge ein paar dieser Bretter unter dem Arm hatte und damit wegrannte, als er Roland kommen sah. Roland rannte wie ein Blitz hinterher und wollte sie ihm entreißen. Die Bretter fielen zu Boden und beide Jungen balgten sich fürchterlich. Das Hemd von Roland war schon zerrissen, als schreiend Inge dazu kam. Sie nahm ein Brett und schlug auf den sehr viel kräftigeren Jungen ein. Sie schlug so lange, bis der Junge abließ. Er stand auf und rannte weg.

Roland rappelte sich auch auf. Er blutete am Kopf und an den

Armen, überall waren blutige Kratzer. Er legte Inge die Hand auf die Schulter. »Danke, Schwesterlein, du hast mich gerettet, du warst so mutig. Es wäre nur sehr schlimm geworden, wenn er dir auch noch etwas getan hätte.« Inge zitterte noch vor Aufregung und konnte das Weinen nicht unterdrücken.

Hanna hatte das Geschrei gehört und kam angerannt. Sie war sehr erschrocken über den Anblick und wollte nun genau wissen, was passiert war. »Wir schließen gleich die Bretter in den Holzschuppen ein. Ihr zwei kommt mit nach oben. Ihr müsst erst einmal wieder sauber werden und den Roland werde ich verarzten. Inge, du hast deinem Bruder geholfen. Du warst stark und mutig.« Inge sah zu Roland und lachte schon wieder. Sie war so glücklich, ihrem großen Bruder geholfen zu haben. »Bald bauen wir den Hochstand und dann darf ich auch auf den Baum und dort mit Roland sitzen.« »Allein darfst du aber nicht hochklettern, da soll Roland mit dabei sein«, meinte Hanna mit ängstlicher Bemerkung. »Versprochen, Mutti«, sagte Roland.

Als sich Inge fertig gewaschen hatte, kam Hans dazu. Er sah Roland an und wunderte sich. »Wieso musst du dir beim Fußballspielen das Hemd zerreißen?« Roland erklärte seinem Vati alles, und Hans sagte total verärgert: »Wenn du den Jungen wiedersiehst, sage mir Bescheid.« Hans wollte nicht mehr darüber reden. Er hatte selbst einen anstrengenden Tag gehabt und wollte seine Ruhe haben.

Nach einer Woche hat sich Roland entschlossen, den Bau seines Hochstands erneut zu versuchen. Der Nachbar, Herr Spröh, der immer gern nach den Kindern sah, holte eine Leiter. Er half immer, wo es etwas zu helfen gab. Die Leiter wurde an den Baum gestellt, damit auch Inge gut aufsteigen konnte. Inge und Roland freuten sich sehr und bedankten sich. Er war wie ein guter Opa. Er gab auch Ratschläge, wie Roland am besten die Bretter legen und festnageln konnte. Ein paar fehlende Bretter holte er noch aus seinem Bestand dazu.

Nach ein paar Tagen waren sie fertig. Roland und Inge saßen abends glücklich und zufrieden auf dem Hochstand, der so etwas wie ihre eigene kleine Wohnung war, und aßen einen Apfel und Kekse. Sie redeten und lachten über das, was war. Gudrun kam auch noch angerannt und rief: »Lasst ihr mich auch da sitzen?« »Du musst erst klingeln, dann werden wir dich in unsere Wohnung lassen.« Gudrun drückte mit dem Finger an den Baumstamm und rief: »Bim, bim.« Dann saßen sie alle drei dort und freuten sich. Es war eng, aber sie passten alle darauf und man sah vom Boden nur noch baumelnde Beine. Hanna rief zum Abendbrot. Das gefiel den dreien gar nicht. »Nur noch eine Viertelstunde, Mutti, dann kommen wir«, rief Roland.

Die Zeit verging. Roland hatte mit den Schulaufgaben viel zu tun. Das Lernen machte ihm keine Freude. Als Inge aus der Schule kam, hörte sie schon an der Eingangstür ihren Vati schreien. Es war auch ungewöhnlich, dass er schon zu dieser Zeit zu Hause war. Er schrie Roland an. Inge erschrak und ging leise den Flur entlang in das Kinderzimmer. Sie hörte, dass er geschlagen wurde. Da krachte etwas an die Tür. Das musste Roland gewesen sein. Er schrie auf. Aus Angst kroch Inge unter das Bett und rutschte bis zur Wand. Da blieb sie mit klopfendem Herzen. So kannte sie ihren Vati nicht. In diesem Moment hasste sie ihn. Nun wurde es ruhig, da öffnete sich die Tür zum Kinderzimmer. Hans musste etwas gehört haben. Er lief um das Bett herum, wo Inge darunterlag. Sie sah nur seine großen Stiefel und konnte vor Angst nicht mehr atmen. Er ging wieder zurück und aus dem Zimmer. Dann hörte sie noch die Wohnungstür zufallen.

Inge rutschte, so schnell sie konnte, unter dem Bett hervor und ging zur Küche. Da sah sie Roland, weinend auf einem Stuhl. Seine Brille lag noch auf dem Boden. Roland erzählte, dass er eine schlechte Note bekommen hatte. Der Vater sollte das unterschreiben und er hatte aus Angst die Unterschrift des Vaters gefälscht. Hanna kam ganz verstört dazu und ging zu Roland. Sie weinte auch. »Du darfst so etwas nie wieder tun. Erwachsene müssen dafür in das Gefängnis.«

»Du wirst jetzt lernen und die Prüfung machen. Vati hat eine Lehrstelle für dich in Bad Blankenburg. Du wirst da auch schlafen und über das Wochenende nach Hause kommen.« Roland nickte nur. Vorstellen konnte er sich das nicht. Er war doch erst dreizehn. In fünf Monaten vierzehn Jahre. Hanna konnte es Roland nicht leichter machen. Er sollte nicht mehr bei den Mädchen im Kinderzimmer schlafen. Er war ja schon ein großer Junge. Aber im zweiten Zimmer, wo nun die Oma wohnte, konnte er auch nicht sein. Die Wohnung wurde zu eng für die Familie.

Die nächsten Tage waren ruhig verlaufen. Alle waren mit eigenen Gedanken beschäftigt. Wenn Hans zu Hause war, gingen ihm die Kinder aus dem Weg. Das Wetter zeigte sich von der guten Seite. Gudrun und Inge spielten mit ihren Freundinnen, Helga und Sigrid, *Hüpfe-Kästchen* oder *Blinde Kuh* im Hof vor dem Haus. Der Platz war sehr groß mit einem Teil Wiese. So konnten sie auch manchmal eine Decke auslegen und mit den Puppen spielen. Irgendetwas stand immer auf dem Plan, was Freude machte. So konnten sie ihren Kummer um Roland etwas verdrängen. Hans merkte es, dass die Kinder ihm aus dem Weg gingen, und machte nach dem Abendessen einen Vorschlag.

»Wir fahren am Sonnabend zum Kyffhäuser. Das ist ein großes Denkmal. Da gibt es eine Barbarossa-Höhle. Mutti würde bestimmt gern hinfahren und ihr, glaube ich, auch.« Gudrun sah abwechselnd zu ihren Eltern, dann zu Roland. Der schob sein

Stück Brot hin und her. Er konnte seinen Vati nicht ansehen. »Roland, was meinst du, wäre doch eine schöne Abwechslung«, sagte Hans. Roland nickte nur etwas. »Wir fahren alle zusammen hin«, rief Inge und legte ihre Hände, wie bei einem Gebet, zusammen. »Ich freue mich.« Hans erklärte, dass der alte Sitz, der früher im Auto hinten drin war, in den offenen Aufbau komme. »Tante Emma kommt mit. Wir fahren in Schaala vorbei. Sie wird sich auch freuen.« Hanna rief noch am gleichen Tag bei Herrn Kister in der Gaststätte an. Sie bat darum, Emma Bescheid zu geben, ob sie mitkommen wollte. Wenn es nicht ginge, solle sie trotzdem anrufen. Noch am Abend rief Emma an und sagte, sie würde gerne mitkommen. Sie würde rechtzeitig vor dem Haus stehen und warten. Hanna war über Hans' Vorschlag erleichtert. Wurden doch die Wogen etwas geglättet. Die Situation mit Roland war bestimmt ein Ausrutscher von Hans gewesen. So etwas würde sicher nicht wieder vorkommen. Dass Emma mitkam, darüber jubelten die Kinder. Sie liebten ihre Tante sehr.

Die Vorbereitung für die große Ausfahrt war in vollem Gange. Abends kam Hans mit einer großen Knackwurst und Äpfeln. Sie hatten vor, ein Picknick im Wald zu machen. Hanna kaufte noch Brot und Käse ein. Der große Tag war endlich da. Die Kinder standen, ohne zu murren, sehr früh auf. Die Sonne schien schon in das Zimmer und es versprach ein schöner Tag zu werden. Hans war auch schon auf. Hatte sogar schon das Frühstück vorbereitet. Er ging zur Garage und sah nach dem Auto. Prüfte, ob alles in Ordnung war. Manchmal musste Hans das Auto ankurbeln. Wenn das nicht half, wurde es von der Familie angeschoben. An diesem Tag sprang das Auto aber gleich an.

Alle waren sie fertig zur Ausfahrt. Korb, Tasche und der Rucksack waren gepackt. Hanna überlegte noch, ob auch nichts vergessen wurde. »Hast du auch genug zu trinken?«, fragte Roland.

Hans, der gerade dazukam, sagte: »Wenn es nicht reicht, kann man noch etwas dazukaufen.« »Ich habe sogar Bonbons mit dabei«, fügte Hanna hinzu. »Ich habe auch meine Trillerpfeife mit, wenn wir uns verstecken«, meinte Roland. Hans hakte ein. »Wir wollen uns am Kyffhäuser das große Denkmal ansehen. Da reicht die Zeit wohl nicht für das Versteckspiel.« Die beiden Mädels rannten schon zum Auto. Sie wollten doch den Autositz ausprobieren. Hanna kam mit Hans und Roland hinterher. Hans schimpfte die beiden Mädels. »Ihr solltet eigentlich auch etwas tragen.« Als alle saßen, rief Hans nach hinten: »Ihr müsst jetzt alle sitzen bleiben während der Fahrt«, und los ging es.

Sie waren schnell in Schaala. Emma stand schon vorm Haus und wartete. Sie lachte herzlich, als sie die drei Kinder im Anbau für die Tiere sitzen sah. Eh sie sich versah, hatte Hans sie in das Auto gehoben und Emma konnte sich auch setzen. Hans hatte die Klappe wieder verschlossen. Die Kinder rutschten noch etwas zusammen. Es war eng, aber alle fanden das in Ordnung und waren zufrieden. Auf der Straße fuhren wenige Autos. Nur Busse fuhren vorbei. Die Leute lachten und winkten und mit großer Freude winkten die vier wieder zurück. Nach drei Stunden waren sie am Kyffhäuser, der südöstlich vom Harz in Thüringen gelegen war. Hans musste es noch schaffen, den großen Berg hinaufzufahren. Die Straße führte spiralförmig nach oben. Als sie in der Mitte des Berges waren, parkte Hans das Auto. Der Motor sollte abkühlen. Sonst war es möglich, dass er heiß lief. Alle tranken noch etwas. Anschließend bekam das Auto noch etwas Kühlwasser. »Wenn wir die Fahrt nach oben nicht schaffen, dann müsst ihr schieben«, meinte Hans lachend mit einem verschmitzten Zwinkern. Inge bekam Angst. »Wie sollen wir bergauf schieben?« Hanna gab Entwarnung. »Vati macht nur Spaß.«

Nun war alles geordnet und die Kinder sprangen auf. Nur

Emma musste von Hans wieder gehoben werden. Sie kicherte dabei und rief: »Huch«, und schon saß sie wieder auf dem Sitz. Nun fuhren sie wieder los. Hans war doch etwas angespannt. Er sagte kein Wort. Aber sie schafften es ohne Unterbrechung zum Parkplatz. Hans war sehr glücklich darüber. Er alberte mit den Kindern und machte Witze. Nur Roland war still geblieben. »Wir wollen noch ein Stück in den Wald laufen, um einen schönen Picknick-Platz zu finden«, schlug Hanna vor. Jeder bekam etwas zu tragen. Inge rief: »Ich rieche schon die leckere Wurst.« Sie liefen nicht sehr weit. Roland, der immer vorweg ging, rief: »Hier ist ein schöner Platz.« Alle waren sie begeistert. Er war am Waldrand, vor einer großen Wiese. »Sehr schön, Roland, hier kann man gut Rast machen«, lobte ihn sein Vati.

Die Decke wurde ausgebreitet. So konnte jeder gut sitzen. Hanna legte das Essen auf ein Geschirrtuch. Die Wurst und das Brot wurden verteilt. Roland zeigte begeistert auf die andere Seite. »Da sind Rehe.« Hanna legte die Finger auf den Mund. »Ihr dürft nicht so laut sprechen, sonst rennen die weg.« Gudrun wollte schon jubeln, aber sie unterdrückte es. Sie hatte sich das so sehr gewünscht, die Tiere zu sehen. Es war sogar ein Kitz mit dabei, welches Bocksprünge machte. Für Gudrun und Inge war das wohl der Höhepunkt des Tages, die Tiere zu sehen. Emma sagte: »Ich finde noch etwas sehr gut. Die leckere Wurst und der Käse, das gute frische Brot, das ist einfach Spitze. Auch, dass wir alle hier zusammen sind. Daran werde ich noch lange denken.« Die Rehe hatten wohl genug gefressen, sie liefen in den Wald.

Gudrun war traurig. »Du warst jetzt zu laut, Tante Emma. Darf ich den Rehen einen Apfel rüberbringen, Vati?«, fragte Gudrun. »Morgen kommen die wieder, dann freuen sie sich.« »Aber nur einen. Die anderen wollen wir selber essen.« Gudrun und Inge rannten über die Wiese und sie kamen atemlos wieder zurück.

Nachdem sich alle satt gegessen hatten, mahnte Hans zum Aufbruch. Hanna fand die Höhe vom Denkmal interessant. »Wir werden gleich ganz viele Stufen nach oben gehen, es sind über 200«, erinnerte sich Hans. Der Picknick-Platz wurde geräumt und alles zum Auto gebracht. Nun konnte es keiner mehr erwarten, das Denkmal aus der Nähe zu sehen. Sie liefen noch ein Stück nach oben. Dann hatten sie freie Sicht und man konnte das riesige Bauwerk bewundern. Sie liefen die vielen Außenstufen hoch und waren direkt am Denkmal. Da konnten alle den »Barbarossa« in seiner Höhle bewundern. Darüber war eine Statue von Wilhelm I. auf seinem Pferd. Auf einer Tafel las Hans, dass das Denkmal 81 m hoch ist und 247 Stufen hat. »Wer war Wilhelm I.?«, fragte Roland. »Das war der erste Kaiser für das Deutsche Reich«, erklärte Hans. »Wahnsinn«, sagte Roland. »So schön habe ich mir das nicht vorgestellt.« Gudrun sah zum Turm hoch. »Da oben winken die Leute.« »Da wollen wir jetzt hoch«, sagte Hanna. Inge und Gudrun rannten zum Turm-Eingang. Emma ging beim Treppensteigen die Puste aus und sagte, dass sie auf der unteren Plattform bleibe. »Vergesst nicht, mich wieder mitzunehmen.« Roland lachte und sagte: »Ganz bestimmt nicht, Tante Emma.«

Oben angekommen, konnten sie auf der einen Seite das Thüringer Land bewundern und auf der anderen Seite den Harz. Bei dem schönen Wetter konnte man weit blicken. Inge stellte fest: »Da unten sind die Leute so klein.« »Das schaut bei der Entfernung für unsere Augen so aus. Schau mal, da drüben die Häuser sind auch klein.«

Der Abstieg war etwas problematischer. Es wollten viele Leute nach oben, und die Stufen waren besonders eng und kurz. Man musste sich vorbeizwängen. Bei den Kindern ging das so einigermaßen. Alle drei rannten weiter nach unten zu Tante Emma.

Die entgegenkommenden Erwachsenen hatten teilweise ein beträchtliches Format. Sie mussten wieder zurück auf die Plattform ausweichen. Aber das kleine Verkehrschaos hatte jeder recht lustig genommen und alle lachten und hatten Spaß. Hans und Hanna hatten es schließlich geschafft und waren auch bei Emma angekommen. Sie sagte schon ganz vorwurfsvoll: »Wenn die Kinder nicht schon bei mir angekommen wären, hätte ich gedacht, ihr kommt nicht mehr wieder.« Hanna drückte sie ganz liebevoll. »Wir vergessen dich nie.« »Das weiß ich doch«, sagte Emma dankbar.

»Es wäre doch schön, könnten wir noch etwas laufen und die Natur genießen. Ich habe von einem Unterberg gelesen«, sagte Hans. Alle waren sie einverstanden. »Da sind ein paar Häuser unterhalb des Denkmals. Mal sehen, vielleicht gibt es Ansichtskarten. Wir könnten doch Dora und Walter eine schreiben. Die freuen sich doch auch. Wir haben lange nichts voneinander gehört«, gab Hanna zu verstehen. Emma meinte: »Mir geht es auch fast so. Obwohl ich näher wohne. Nächste Woche werde ich nach Eichfeld laufen. Ich habe Dora eine Schürze genäht. Sie braucht unbedingt eine.«

Hans mahnte zur Vorsicht. »Der Weg ist sehr steinig. Er wurde vom Wasser sehr ausgewaschen. Seht ihr eigentlich, wie schön die Natur ist? Ihr redet ja pausenlos.« Für Gudrun und Inge war alles so interessant. Sie rannten umher. Inge hatte einen kleinen Stein gefunden, der ihr sehr gefiel. »Das ist jetzt mein Glücksstein. Den nehme ich überall mit.«

Sie waren fast am Unterberg angekommen, da rief Roland, der die Gegend schon ausgekundschaftet hatte und wieder entgegenkam: »Da gibt es sogar Eis!« »Na gut«, sagte Hans: »Zum Abschluss gibt es für jeden ein Eis.« »Ich möchte kein Eis«, wehrte Emma ab. »Ich möchte lieber einen Apfel, wenn wir am Auto sind.« Roland rannte wieder zurück und besetzte einen Tisch. Darüber freute sich Emma sehr. »Roland, du bist so ein guter Junge, vielen Dank.«

Die Wünsche von allen wurden erfüllt und Hans freute sich über ein Bier. Es gefiel ihm nur nicht, dass Emma nichts wollte. Roland kannte seine Tante Emma und hatte sich etwas anderes ausgedacht. »Ich habe eine Kugel für mich mehr bestellt und einen Löffel organisiert. Für dich, Tante Emma, ist die erste Kugel.« Emma sah Roland an, gab ihm einen dicken Kuss und sagte: »Dir kann ich nichts abschlagen.« Sie lachte herzlich und aß ihre erste Kugel Eis. »Das schmeckt ja sogar.«

Nachdem Hans sein Bier getrunken und alle ihr Eis gegessen hatten, gingen sie zum Auto. Hans und Hanna waren bester Laune. Sie alberten mit den Kindern herum und so waren sie schnell am Ziel. Emma bekam noch einen Apfel und wurde wieder mit Schwung in das Auto gehoben. Das bereitete ihr viel Vergnügen. Die Kinder sprangen auf und los ging die Fahrt. Unterwegs wurde noch viel über die Erlebnisse gesprochen und gelacht. Es machte Spaß, den Bussen wieder zu winken. So ging die Fahrt schnell dem Ende entgegen und sie waren wieder in Schaala angekommen. Emma bedankte sich bei Hans und Hanna. »Den schönen Tag werde ich nie vergessen.« Die Kinder winkten ihr noch fröhlich zu.

Drei Kilometer noch und sie waren in Rudolstadt und zu Hause. Hans fuhr gleich zur Garage, denn der Sitz musste wieder abgeladen werden. Am nächsten Tag musste er wieder Kleinvieh transportieren. Hanna und die Kinder trugen den Rest an übrig gebliebenem Essen in die Wohnung. Die beiden Mädels rannten wieder zur Garage und wollten helfen, aber der Sitz war schon wieder an seinem alten Platz.

»Nun ist Feierabend«, Hans nahm seine beiden Töchter an die Hand. »Mutti hat das Abendessen bestimmt gleich fertig.«

Der Hund Moritz

Hanna erinnerte daran, dass es schon spät sei. »Es wird Zeit, schlafen zu gehen. Ihr müsst früh zur Schule. Den Ranzen habt ihr auch noch nicht fertig. Roland, morgen hast du viele Stunden, da müssen noch viele Bücher in den Ranzen hinein. Gudrun, du hast morgen Sport. Vergiss das Zeug nicht.« Schnell folgten die Kinder ihren Pflichten. Und dann ging es todmüde in die Betten.

Nach den ersten drei Wochentagen kam Hans am späten Nachmittag und brachte eine Neuigkeit mit. Die Kinder saßen noch bei den Schulaufgaben. Als Inge fertig war, erzählte er ihr von einem Hund. »Den wünschst du dir doch so sehr.« Inge bekam große Augen. »In Bad Blankenburg ist eine Hündin mit vier Welpen«, sagte er. »Wollen wir morgen hinfahren?« »Aber ja, Vati, gerne.« Die Freude war grenzenlos. Sie drückte und küsste ihn. Hans wehrte lachend ab, »aufhören!«

Am nächsten Tag fuhren sie zu den Hunden auf den Bauernhof. Sie waren in einem großen Zwinger. Der eine Welpe war so frech und hatte seine Mama in den Schwanz gebissen. Den wollte Inge haben. Hans sagte: »Hol mal aus dem Auto die große Tasche, da kommt er rein.« Jetzt kam lachend die Frau vom Hof und begrüßte Hans. »Hat sich Ihre Tochter für einen entschlossen?« »Ja, für den mit dem dunklen Kopf. Inge meint, das ist der frechste. Sie holt eben die Tasche, wo er reinkommt«, erklärte ihr Hans. Die Frau freute sich. Sie wollte doch auch, dass ihre Schützlinge in gute Hände kommen. »Dann bitte ich Sie, Herr Busch, mit mir in das Haus zu kommen. Ich gebe für den ersten Tag Futter mit.« Inge kam hinzu und ging mit.

Hans und Inge hörten sich noch die Anweisungen der Frau an, auf was man alles zu achten hätte. »Er soll sich doch schnell bei Ihnen wohlfühlen.« Nachdem Hans bezahlt hatte, gingen sie wieder zum Zwinger. Die Frau nahm den Hund, streichelte ihn noch und dann kam er in die Tasche und Hans bekam die Tüte mit dem Futter.

Zu Hause angekommen, hatte Gudrun mit ihren Freundinnen gewartet. Aufgeregt nahm Inge die Tasche. Alle sahen hinein und bewunderten das kleine Bündel Hund. »Das ist ein Wolfsspitz«, meinte Inge wichtig. Helga, die Freundin, fragte: »Und wie soll er heißen?« Inge musste nicht lange überlegen. »Der ist ein bisschen frech und soll Moritz heißen.« Hans und Gudrun lachten: »Das ist ein guter Name.« Roland hatte sich nun auch entschlossen, mit seinem Freund Bert vom Hochstand zu klettern, um das neue Familienmitglied zu bewundern. »Puh, ist der noch klein. Inge, dann musst du über Nacht bei Moritz bleiben. Der heult sonst die ganze Nacht, weil er seine Geschwisterhunde vermisst.« »Ist das wahr?«, fragte Inge ängstlich ihren Vati. »Die Frau vom Bauernhof hat uns einen Stoffhund mitgegeben. Er ist noch in der Tasche. Der war mit im Zwinger. Dann hat er von allen den Geruch angenommen und Moritz ist zufrieden und schläft.«

Inge bekam von Hanna eine Decke. »Unter der Anrichte kann Moritz seinen Platz haben. Den Stoffhund legst du gleich mit dazu.« Fressen wollte er nicht. Aber Wasser hatte er getrunken. Das war erst einmal gut. Abends bekam Inge Zeitungen zum Auslegen. »Hunde kennen kein Klo«, erklärte Hanna.

Die erste Nacht schliefen alle unruhig. Am Morgen war Inge die Erste, die nach Moritz sah. Auf der Zeitung lag ein Häufchen und sie sah eine Wasserstelle, die Zeitung war verrutscht. Inge rannte in das Elternschlafzimmer. Aufgeregt hielt sie sich die Nase zu und rief: »Moritz hat was auf die Zeitung gemacht.« Hanna musste verhalten lachen: »Du wolltest einen Hund, dann wirst du das in Zukunft auch wegmachen. Bis er gelernt hat, sein Geschäft draußen zu machen, wenn du mit ihm Gassi gehst. Weil du dich jetzt für die Schule fertig machen wirst, will ich es heute für dich erledigen.« Inge machte ein bekümmertes Gesicht und sagte: »Danke, Mutti.« Hans war nun auch wach geworden und er zischte: »Nicht mal ausschlafen kann man.«

Die Wochen vergingen. Moritz kam mit in den Hof, wenn die Kinder spielten. Sie merkten nicht, dass Hanna immer ruhiger und trauriger wurde. Zum Abendessen machte sich Gudrun Gedanken und sie fragte Hanna. »Wieso ist der Vati nicht mehr zum Essen hier? Muss er so viel arbeiten, Mutti?« »Das ist wohl so, ihr könnt ihn ja selbst fragen.« In der Nacht wachten die Kinder auf, weil die Eltern sich heftig stritten. Inge dachte, es ginge um Moritz und rannte eilig zu den Eltern, um zu schlichten. Hans herrschte sie an. »Geh sofort in dein Bett und schlaf.« Inge erschrak, Vati hatte noch nie so böse zu ihr gesprochen. Sie legte sich in das Bett und weinte. Roland und Gudrun beruhigten sie.

Die Zeit verging. Die Eltern stritten und redeten danach nicht mehr miteinander. Gudrun und Inge versuchten, Hanna aufzumuntern. Sie halfen bei der Hausarbeit und redeten viel mit ihr. Freuten sich, wenn sie ein kleines Lächeln bei Hanna sehen konnten. Roland hatte eine Lehre in Bad Blankenburg angefangen. Besonders Inge war sehr glücklich, wenn ihr lieber Bruder jeden Sonnabend kam. Sonntags wurde meist ein Spaziergang gemacht. Die Mädchen waren dann immer sehr froh, wenn die

Eltern freundlich zueinander waren. Hanna lachte auch und war guter Dinge. Die Kinder wünschten sich dann so sehr, es würde immer so sein.

Moritz war nun auch ein ausgewachsener Hund und tollte umher. Gudrun und Inge versteckten sich zu den Ausflügen. Hans hielt Moritz die Augen zu. Dann sagte er: »Such!« Moritz rannte dann genau der Spur nach, die die Kinder liefen. Wenn er bei ihnen war, bellte er vor Freude und hopste an Gudrun und Inge hoch. Roland kam nicht immer mit. Er besuchte dann immer seinen Freund. Abends musste er ja wieder nach Bad Blankenburg zurückfahren.

Hanna hatte sich vorgenommen, in der Woche die Betten abzuziehen. Danach sollte großer Waschtag sein. Beim Abziehen verrutschte das Keilkissen auf der Matratze. Das gehörte zum Kopfteil. Sie sah entsetzt, dass da ein Foto lag. Eine Frau war zu sehen. Als Widmung »Zur Erinnerung an deinen Schatz.« Hans hatte immer abgestritten, eine andere Frau zu haben. Nun wusste Hanna, er hatte gelogen. Das war eine furchtbare Tatsache. Sie musste heftig weinen und zitterte am ganzen Körper.

Gegen Abend kam Hans, wie früher, zur gewohnten Zeit. Er war gut gelaunt und fragte: »Was gibt es denn heute zu essen?« »Nichts«, sagte Hanna und legte ihm das Foto hin. Schlagartig verfinsterte sich sein Gesicht. Er stand auf, der Stuhl kippte um. Er packte Hanna und drückte sie zwischen den Anrichtetisch und die Wand hinein. Der Abstand war zu klein. Der Rücken wurde eingequetscht. Hanna schrie auf. Sie fiel auf den Boden. Hans ging weg, ohne sich umzusehen. Gudrun kam verängstigt zu ihrer Mutti und streichelte sie. »Steh auf, Vati ist weg.« Hanna stöhnte vor Schmerzen. »Hol Frau Dressler.«

Die Familie wohnte mit im Haus. So rannte Gudrun und klingelte ganz lange. Frau Dressler hörte sie sagen: »Nicht so stürmisch,

ich komme ja. Gudrun, du bist es. Bist ja ganz durcheinander.«
»Ja, Mutti liegt auf dem Boden. Sie kann nicht aufstehen.« Frau
Dressler erschrak. »Ich komme mit.« Bei Hanna angekommen,
saß Moritz neben Hanna und leckte ihr die Hand. Frau Dressler
versuchte, mit ihr zu reden und bat sie aufzustehen. Aber es ging
nicht. Frau Dressler zog Hanna mit äußerster Kraft Stück für
Stück in das Kinderzimmer. Gudrun erklärte ihr, dass Roland
nur an den Wochenenden nach Hause kam. »Fein, dann kann
Mutti in sein Bett. Wir müssen sie jetzt beide in das Bett legen.
Du nimmst die Beine. Jetzt heben wir sie«, Hanna schrie vor
Schmerzen laut auf. »Nun haben wir es geschafft«, Frau Dressler
setzte sich erschöpft auf einen Stuhl. »Gudrun, du hast mir gut
geholfen. Jetzt müssen wir schnell einen Arzt rufen.« »Ja, den
Doktor Späth«, sagte Gudrun. »Ihr habt ja ein Telefon, ich spre-
che mit dem Arzt«, erwiderte Frau Dressler.

Sie erklärte dem Doktor, wo Hanna Schmerzen hatte, konnte
ihm aber keine Auskunft geben, was passiert war. Dr. Späth sagte
aber zu, er wolle schnell kommen. Kurze Zeit danach klingelte
es an der Eingangstür. Inge kam nach Hause. Sie wunderte sich,
dass ihr Frau Dressler aufmachte. »Deine Mutti ist fürchterlich
gestürzt. Wir mussten sie in das Bett bringen.« »Nein, sie ist nicht
gestürzt«, sagte Gudrun. »Sie wurde von Vati geschlagen und
dann ist er weggegangen.« Gudrun und Inge konnten das Geschehen nicht so richtig verkraften und weinten ihre ganze Qual
ab. Frau Dressler tröstete beide: »Gleich kommt der Doktor und
macht eure Mutti wieder gesund.«

Nun klingelte es wieder. Es war der Doktor Späth. Gudrun öff-
nete die Tür. Sie reichte dem Doktor die Hand. »Danke, dass Sie
so schnell gekommen sind.« »Schon gut«, meinte er und strich
Gudrun und Inge über den Kopf. »Wo liegt eure Mutter?« »Im
Kinderzimmer«, sagte Inge. Er kannte sich aus und lief eilig den
Flur entlang in das Zimmer. Die Kinder folgten ihm. »Nun werde

ich eure Mutter untersuchen und ihr geht bitte, auch Frau Dressler, raus.« Hinter der Tür blieben die Kinder stehen und lauschten. Sie hörten das Jammern und die leisen Schreie ihrer Mutter. Der Doktor beruhigte sie. »Ich muss Sie bewegen, Frau Busch, um zu erfahren, was kaputt gegangen ist. Bin auch gleich fertig. Sie haben zwei Rippenbrüche und starke Prellungen. Die Kinder werden gleich zur Apotheke gehen und die Salbe holen. Gegen die Prellungen müssen Sie täglich dreimal eingerieben werden. Die Brüche werden allein heilen. Sie werden solange das Bett hüten. In drei Tagen komme ich wieder. Und dann sagen Sie mir, was vorgefallen ist. So etwas kommt nicht einfach von einem Sturz.« Er streichelte ihr die Wangen und ging davon. Er sprach draußen mit Frau Dressler. Sie sagte gleich zu, dass sie das Einreiben und Mittagessen übernehmen würde. Sie wollte auch mit Herrn Busch reden, weil seine Hilfe nötig wurde. »Die Zeit ist doch sehr lang«, gab sie zu bedenken. Dr. Späth bedankte sich. »So eine nette, hilfsbereite Frau gibt es auch selten.« Er gab ihr die Hand und ging eilig davon.

Gudrun und Inge gingen schnell zur Apotheke, um zu holen, was der Doktor aufgeschrieben hatte. Dann brachten sie die Salbe zu Frau Dressler. »Ich komme gleich und bringe das Abendbrot.« Gudrun lehnte dankend ab, denn sie war ja schon ein großes Mädchen von zwölf Jahren. »Ich kann das selbst. Habe das schon oft gemacht, vielen Dank, Frau Dressler.« »Dann reibe ich eure Mutti gleich ein. Sie wird hoffentlich in der Nacht besser schlafen können. Mittags esst ihr bitte zusammen. Inge ist früher zu Hause. Sie kommt mit Monika und kann dann so lange bei uns bleiben.« »Au fein«, Inge freute sich. »Möchtest du jetzt bei uns bleiben und mit Monika spielen?« Inge überlegte. »Jetzt nicht mehr, Frau Dressler, ich bleibe bei Mutti und Gudrun. Vati wird ja auch bald kommen.« Dabei machte Inge ein bekümmertes Gesicht. Die Tür ging auf und Monika kam dazu. »Bleib doch bei mir, wir spielen ein neues Spiel.« »Wir machen das morgen, ich freu mich schon«, sagte Inge etwas traurig.

Gudrun und Inge gingen wieder in die Wohnung und sahen nach, wie es ihrer Mutti ging. »Frau Dressler reibt gleich deinen Rücken ein. Dann geht es dir bestimmt besser«, tröstete sie Gudrun. Hanna hob die Hand und streichelte sie. »Du musst jetzt stark sein. Bist ja schon ein großes Mädchen.« »Sorge dich nicht«, beruhigte sie Gudrun. »Jetzt mache ich dir ein leckeres Brot.« Inge gab Hanna einen Kuss. »Ich möchte aber auch helfen.« »Dann streiche du mir bitte ein Leberwurstbrot, da kann nichts runterfallen. Im Liegen kann man schlecht essen. Gudrun, und von dir bekomme ich bitte einen Pfefferminztee.« »Wird gemacht.« Und schon waren die beiden in der Küche verschwunden.

Während die Mädchen eifrig das Essen auf den Tisch brachten, merkten sie nicht, wie die Wohnungstür aufgeschlossen wurde. Hans kam in die Küche. Gudrun und Inge erschraken über sein plötzliches Erscheinen. »Ihr seid ja so eifrig beim Tischdecken, deshalb habt ihr mich nicht gehört. Ihr helft der Mutti, das ist sehr schön. Wo ist sie denn?« Inge hatte sich zuerst vom Schreck erholt. »Mutti kann nicht kommen. Sie liegt im Bett und kann auch nicht aufstehen. Der Doktor war auch schon da.« Hans sagte nichts dazu. Er ging aus der Küche und in das Schlafzimmer. Da war Hanna aber nicht. Also ging er in das Kinderzimmer. Er fragte Hanna, ob sie große Schmerzen habe. »Geh raus, ich will dich nicht mehr sehen. Die Kinder und Frau Dressler helfen.« Hans ging wieder in die Küche und setzte sich auf einen Stuhl. Er überlegte, was er jetzt tun sollte. Essen war vorerst da. Er würde einkaufen. Vorher wollte er mit Frau Dressler reden. Gudrun und Inge brachten das Brot und den Tee zu Hanna. »Bring doch bitte die Fußbank und stell das darauf. Gudrun, schneid doch bitte das Brot in Scheiben. Das Kissen vom Sofa kann unter meinen Kopf. So kann ich besser essen und trinken. Ihr habt das alles prima gemacht, danke.«

Frau Dressler klingelte an der Tür. Inge wollte öffnen, aber Hans war schneller. »Es ist gut, dass ich Sie sehe, Frau Dressler. Kann ich jetzt mit Ihnen reden?« »Viel Zeit habe ich nicht. Ich bin gekommen, Ihrer Frau den Rücken zu cremen. Sie hat starke Prellungen und zwei Rippenbrüche. Die schlimmen Dinge gehen mich nichts an, Herr Busch. Aber so etwas hätte nie passieren dürfen.« Dabei sah sie ihn vorwurfsvoll an. Seine Verlegenheit war groß. Er schämte sich. »Ich wollte, ich könnte alles ungeschehen machen.« »Vielleicht können Sie das, indem Sie Ihr Leben ändern. Verständnis für Ihre Frau aufbringen.« »Ich werde versuchen, alles wieder gut zu machen«, erwiderte Hans kleinlaut.

Frau Dressler besprach mit Hans, dass sie das Mittagessen für die Kinder zubereiten würde. Für das Abendbrot und Frühstück wollte er selber sorgen. Hans bedankte sich für alles. »Ich werde morgen einkaufen.«

Noch am Abend schrieb Hans alles auf einen Zettel, was fehlte. Am nächsten Tag nahm er seinen Rucksack und ging los. Er beeilte sich, weil Frau Dressler zu Hanna wollte. Am Nachmittag musste Hans eine bestellte Tour fahren. Aber er war schnell wieder zu Hause. Mit der Hilfe von Frau Dressler hat sich Hanna gewaschen und sie bekam frische Wäsche an. Nachdem auch die Salbe aufgetragen war, ging die gute Nachbarin wieder in ihre Wohnung. Das Mittagessen wollte sie fertig machen. Ihre Tochter Monika kam mit Inge gleich aus der Schule.

Am dritten Tag kam der Dr. Späth. Zu seiner Freude war die Schwellung schon deutlich abgeklungen. Er setzte sich auf einen Stuhl am Bett und fragte nach der Ursache der Brüche und

Prellungen. Hanna schämte sich für ihren Mann und versuchte, es mit einem Sturz zu erklären. »War Ihr Mann daran beteiligt? Frau Busch, ich kenne Ihre Familie schon so lange. Haben Sie bitte keine Hemmungen.« Hanna nickte nur, konnte aber nicht darüber reden. Sie brach in Tränen aus. Der Doktor verabschiedete sich und strich ihr über die Wange. »Komme in drei Tagen wieder.«

Beim Hinausgehen hörte er hinter der gegenüberliegenden Tür Geräusche. Er klopfte und hörte von Hans ein »Herein«. Der Doktor machte die Tür auf und sah Hans lange an. Der Blick machte ihn unsicher und er fragte, wie es seiner Frau geht. »Sie sollten das Ihre Frau selbst fragen. Es ist eine Schande, dass ein Mann wie Sie seine Frau so schändlich zurichtet. Ich weiß nicht die genauen Umstände, Herr Busch. Sie sind jetzt in der Pflicht, etwas bei Ihrer Frau gut zu machen. Ich komme in drei Tagen wieder.« Er drehte sich um und ging ohne Gruß davon.

Hans machte das Abendessen für die Kinder fertig und dann ging er zu Hanna. Sie erschrak, als sie Hans sah, und drehte ihren Kopf zur Wand. Sie wollte auch ihr verweintes Gesicht nicht zeigen. Hans stand etwas unentschlossen da. Er sagte leise: »Bitte entschuldige, Hanna. Es war ein Kurzschluss. Ich werde so etwas nie wieder tun. Es tut mir sehr leid, dass ich dir so einen schlimmen körperlichen Schaden zugefügt habe. Ich werde versuchen, alles wieder gut zu machen. Gehe auch nicht wieder zu dieser Frau, versprochen.« »Du hast mich nicht nur körperlich verletzt, das weißt du«, sagte Hanna vorwurfsvoll. Hans war erleichtert. Merkte er doch, dass Hanna etwas freundlicher zu ihm war. Er ging hin, gab ihr einen Kuss auf die Stirn und sagte beim Hinausgehen: »Ich mache dein Abendbrot fertig und komme gleich wieder.«

Hans ging zuerst zu Frau Dressler. Er bat sie um die Creme für

Hanna und sagte ihr, dass er das Eincremen nun übernehmen würde. »Sie haben ja schon so viel mit dem Mittagessen zu tun«, meinte er kleinlaut. Frau Dressler zweifelte noch etwas. »Ist denn Ihre Frau damit einverstanden?« »Ich habe mit ihr gesprochen«, nickte Hans ihr zu. Frau Dressler war das recht, konnte sie in ihrer eigenen Wohnung noch einiges erledigen. Sie freute sich auch, dass sich eine Versöhnung anzubahnen schien. Schon der Kinder wegen.

Hans salbte Hannas Rücken sehr vorsichtig und massierte sehr gefühlvoll. Hanna empfand die Massage als sehr gut und bedankte sich. Hans wollte wieder reden, aber Hanna sah ihn nur an und sagte: »Gute Nacht«

Es vergingen Wochen, die friedlich und harmonisch waren. Hanna war wieder gesund. Die Kinder hatten gelernt, Verantwortung zu übernehmen. Sie deckten jeden Abend den Tisch, scheuten auch nicht den Abwasch. Die Treppe im Haus wurde im Wechsel von den Mädchen gereinigt. Sonntags gingen sie alle spazieren. Bei einer weiten Tour fuhr Hans ein Stück mit dem Auto, dann wurde bis zum Ziel gelaufen. Wenn sie mit dem Auto unterwegs waren, kam Roland dann auch gerne mit.

In der Woche, früh am Morgen, sagte Hans zu Hanna, dass er eine größere Tour fahren müsse. Er würde später heimkommen, den Hund Moritz wollte er mitnehmen. Am Nachmittag kam eine Frau und sagte Hanna, dass ein Hund in der Scheune der Buschs bellte und heulte. Hanna erschrak und sagte der Frau, dass sie gleich mit den Kindern nachschaut. Sie bedankte sich und ging schnell in die Küche zurück. Gudrun und Inge kamen und fragten, wer die Frau gewesen sei. Hanna erklärte den Kindern, was sie eben gehört hatte. »Wir müssen da mal hinlaufen. Vati hat doch den Moritz mitgenommen. Hoffentlich ist nichts passiert.« Hanna bekam gemischte Gefühle. Das alles konnte sie nicht verstehen. Als sie das große Scheunentor öffnete, kam freudig Moritz angerannt. Hanna rief nach Hans. Sie ging überall hin, um nachzuschauen, konnte aber nichts bemerken. Hanna ging wieder zu Gudrun und Inge. »Wir gehen jetzt wieder nach Hause. Vati hat Moritz hier eingesperrt.« »Aber warum hat er das? Moritz ist doch immer so artig im Auto«, Inge war irritiert. »Er wird seine Gründe gehabt haben«, sagte Hanna gedankenvoll. Der Nachhauseweg verlief für Hanna schweigend. Die Kinder redeten miteinander und nannten viele Gründe, weshalb Moritz eingesperrt gewesen sein könnte.

Spät am Abend, die Mädels waren schon im Bett, kam Hans. Er sah Moritz und Hanna, wie sie wütend vor ihm stand. »Du hast schon wieder gelogen, denn du hast mit der Frau nicht Schluss gemacht.« »Ich war bei ihr, um die Beziehung zu beenden.« »Das dauert Stunden, um ihr das zu sagen?«, schrie Hanna. Hans fühlte sich bedrängt und schrie zurück. Die Kinder wurden wach und hörten, wie eine Tür zugeschlagen wurde. Es war Hans, er ging zu Bett.

Mitten in der Nacht, Gudrun wurde wach, hörte sie ein lautes Splittern von Glas. Das konnte nur die Eingangstür gewesen sein. Dann hörte sie aufgeregte Stimmen im Flur. Die Nachbarin, die gegenüber wohnte, war nachts mit ihrem Partner nach Hause gekommen. Dabei hatte sie den Geruch von Gas vernommen. Sie klingelte, aber keiner hatte ihr geöffnet.

Kurzerhand schlug sie die Scheibe ein, ging in die Küche und machte die Gashähne zu. Mit klopfendem Herzen stand Gudrun auf und ging zur Küche. Sie sah Frau Wetzig. »Gudrun, geh schnell wieder in das Bett und mach die Tür zu. Eines der Fenster öffne bitte. Es ist nun alles gut. Du musst keine Angst mehr haben. Ich werde jetzt überall die Fenster öffnen.« Beim Hinausgehen sah Gudrun, dass die Tür vom Elternschlafzimmer weit geöffnet war. Nachdem Frau Wetzig alle Fenster geöffnet hatte, ging sie zu Hans und Hanna, um den Atem und Puls zu kontrollieren. Das war nicht beängstigend. Sie war Krankenschwester und konnte beurteilen, dass sie keinen Arzt rufen musste, und ging in ihre Wohnung. Das Gas war nicht sehr lange ausgeströmt. Es hätte sehr viel schlimmer sein können.

Gudrun lag noch lange wach. Die Aufregung war zu groß. Sie beneidete Inge. Sie hatte das schlimme Ereignis verschlafen.

Hans wurde früh wach. Er hörte etwas poltern. Er sah, dass das Fenster weit offen war. »Hanna öffnet das Fenster normalerweise nicht so weit«, wunderte er sich. Er dachte auch darüber nach, dass sie sich gestern Abend gestritten hatten. Schnell stand er auf und ging zur Küche. Auch da war das Fenster weit geöffnet. Er sah zur Uhr und es war Zeit, die Kinder zu wecken. Dabei sah er im Flur die vielen Glasscherben an der Eingangstür. »War das ein Einbruch? Warum habe ich davon nichts mitbekommen?«, dachte er.

Gudrun kam blass, mit dick verweinten Augen, aus dem Kinderzimmer. Sie sah, wie Hans ratlos vor den Glasscherben stand. Sie erklärte ihrem Vati, dass Frau Wetzig schnell in ihre Wohnung kommen musste, weil alle Gashähne offen gewesen waren. »Sie hat unser Leben gerettet«, sagte sie weinerlich. Hans nahm sie in die Arme, wusste nicht recht, was er sagen sollte. »Mutti war wohl sehr traurig, deshalb hat sie das getan«, Gudrun sagte das in einem vorwurfsvollen Ton und sie löste sich schnell aus seiner Umarmung. »Wegen dir hat sie das getan.« Hans sah sein Kind an. Gudrun tat ihm leid, er wollte aber auch keine Diskussion. »Du musst dich jetzt für die Schule fertig machen. Sag das auch bitte Inge. Ich habe das Frühstück in der Küche fertig gemacht.«

Hans ging in das Schlafzimmer, um mit Hanna zu reden. Er nahm ihre Hand. Sie musste weinen. Hannas Kopf war wie taub. Wohl auch, weil sie noch lange in der Küche sitzen geblieben war, als das Gas ausströmte. »Warum hast du das getan?«, fragte Hans leise. »Weil du mich, entgegen deinen Versprechungen, schon wieder betrogen hast.« »Ich habe in der Gaststätte *Zur Pörze* in guter Gesellschaft ein paar Gläser Bier getrunken. Dabei ist es so spät geworden. Du hättest uns fast umgebracht. Sogar die Kinder. So etwas darfst du nie wieder tun«, sagte Hans zu seiner Verteidigung. Er streichelte immer wieder Hannas Hand. Hanna wollte die Gründe auch glauben. Sie liebte ihren Hans doch so sehr.

Ein Jahr verging. Inge ging oft zu ihrer Schulfreundin Uschi. Die Eltern hatten ein Haus. Das Grundstück war sehr groß. Und da waren Katzen. Manchmal auch Katzenkinder. Langeweile kam da nie auf. Wenn nötig, wurden auch die Schulaufgaben bei Uschi gemacht. Hanna war mit der Vorbereitung dabei, Kirschen einzukochen. Gudrun half ihrer Mutti oder sie unternahm etwas mit ihrer Freundin Helga. Die Mädels merkten nicht, dass Hans immer seltener zu Hause war. Hanna wurde immer ruhiger und trauriger.

An einem Wochenende, Gudrun und Inge schliefen schon, stritten sich Hanna und Hans wieder einmal lautstark. Davon wachten die Mädels auf. Sie bekamen schreckliche Angst. Dann wurde es ruhig, nur Türen wurden zugeschlagen. Hans rief: »Du bleibst hier.« Die Wohnungstür fiel in das Schloss. Es war Hanna, die ging. Gudrun und Inge zogen sich blitzschnell etwas über und liefen der Mutter hinterher. Es war dunkel und sie hatten Mühe, sie nicht zu verlieren. Hanna lief in die Richtung zur Saale. Sie rannten nun und hielten ihre Mutti fest. Sie schimpfte und forderte ihre Kinder auf, nach Hause zu gehen. Inge weinte und klammerte sich an Hanna. »Wir gehen nur mit dir nach Hause.« »Wir brauchen dich doch«, sagte Gudrun. Sie setzten sich auf eine Mauer und weinten sich ihren Frust von der Seele.

Und wieder vergingen Monate mit vielen Versprechungen. Hannas Gemütszustand war nun nicht mehr so aggressiv und sie hatte keine Tötungsabsicht mehr gegen sich und ihre Familie. Sie wollte nur noch für ihre Kinder da sein. Hanna und Hans sprachen nicht mehr miteinander. Hans war sehr nett zu seinen Kindern. Wenn er zu Hause war, spielte er mit Gudrun und Inge Spiele. Meist *Mühle* oder *Halma*. Das gefiel besonders Inge. Hans nahm auch Inge zu kürzeren Fahrten mit. Und die Freude war immer groß. So hatte er ihr auch manchmal in einem Dorfladen eine Fitalade gekauft. Schokolade gab es nicht. Inge freute sich sehr darüber. »Einen Riegel lässt du aber für Gudrun übrig«, sagte Hans. So kam es auch vor, dass Inge bei einer Bauernfamilie eingeladen wurde, solange Hans mit den Tieren zu tun hatte. Da kam für sie manches Mal ein Glas Leberwurst oder Mettwurst auf den Tisch mit einer dicken Scheibe Brot mit einem Glas Milch. Und das schmeckte ihr so gut. So war Inge für den Rest des Tages satt.

Zu Hause angekommen, konnte Inge nicht aufhören zu erzählen. So entstand eine freundliche Atmosphäre zwischen ihr und den Eltern. Hanna besprach mit Hans wichtige Dinge. Besonders über Gudruns Konfirmation. Über dieses freundliche Miteinander freuten sich Gudrun und Inge. Hatten aber auch schon wieder Angst vor dem nächsten Streit.

Hanna hatte sich mit Frauen angefreundet, mit denen sie sich einmal im Monat traf. Sie nannten das ihr »Kränzchen«. Die Frauen sprachen über ihre Probleme und hatten aber auch vieles zu erzählen, wo fleißig gelacht wurde. Im Sommer machten sie auch Ausflüge und nahmen ihre Kinder mit. Hanna wurde mit der Zeit gelöster und selbstsicherer. Sie erzählte auch ihre ganze Leidensgeschichte mit Hans. »Ich kann mich wegen der Kinder nicht scheiden lassen. Habe ja keinen Beruf, bin doch nach der Schule in Stellung gekommen. Ich habe im Haushalt geholfen und kochen und backen gelernt. Wir sind fünf Kinder gewesen.

Unsere Mutter ist nach dem Ersten Weltkrieg gestorben. Da waren wir noch klein. Mein Vater hat uns allein großgezogen. Wo soll ich denn jetzt Arbeit finden und die Kinder ernähren?« So entstand eine eifrige Diskussion. »Die Männer müssten Unterhalt nach einer Scheidung für die Familie bezahlen. Aber in der DDR gibt es das ja nicht. So eine Ungerechtigkeit«, meinten die Frauen. So blieb das Problem ohne Ergebnis. Um Mitternacht gingen die Frauen alle wieder nach Hause und sie hatten es nicht versäumt, vor der Kurve, von der Straße aus, noch einmal zu winken. Für Hanna war das eine kurze Nacht, aber sie war glücklich.

Noch einen Monat, dann war Gudruns Konfirmation. Hanna hatte soweit alles geregelt. Eine gute Freundin wollte ihr beim Backen und Kochen helfen. Gudrun ging noch einmal zur Schneiderin. Am Konfirmationskleid musste noch etwas geändert werden. Im Wohnzimmer wurden die Möbel umgestellt, damit der ausgezogene Esstisch mit den Stühlen ausreichend Platz hatte.

Dann war es soweit. Die vielen Verwandten und Bekannten waren alle so glücklich, einander wiederzusehen. Alle waren zeitig in der Kirche. Als der Pastor zum Altar ging und ihm die Konfirmanden mit Glockengeläut entgegenkamen, war es andächtig still geworden. Zum Schluss konnte man in allen Gesichtern Freude und Zufriedenheit sehen. Nachdem der Pastor sich an der Kirchentür auch von Gudrun verabschiedet hatte, wurde sie von der Familie in ihrem schönen Kleid bestaunt. Dann ging es nach Hause, wo Hanna und Hans schon alles vorbereitet hatten.

Die Plätze rund um den Tisch reichten bei weitem nicht aus. Die Kinder aßen in der Küche und sie waren froh darüber. Die Gespräche der Erwachsenen interessierten sie ohnehin nicht. Emma wollte auch lieber bei den Kindern sein. Und so ging sie zur Küchentür, öffnete sie ein Stück und steckte ihren Kopf durch. Roland und Inge sahen sie zuerst und stürmten mit einem Jubelgeschrei zu ihrer lieben Tante Emma und herzten und drückten sie. »Halt, aufhören«, sagte Emma lachend.

Als das Schuljahr zu Ende ging, war auch für Gudrun die Zeit gekommen, zu ihrer neuen Lehrstelle zu gehen. Eigentlich wollte sie noch weiter in der Schule lernen, aber Hans war anderer Meinung. Und so musste sie sich fügen. Hanna meinte: »Du wirst auch weiterhin in die Berufsschule gehen. Da gibt es bestimmt viel zu lernen. Zu meiner Zeit konnten die Mädels keinen Beruf erlernen. Ich hätte das gerne, schade.« Nun war Inge noch das letzte Schulmädchen in der Familie.

Hans blieb jetzt sehr oft von zu Hause weg, auch am Wochenende. Die Mädels gaben sich jetzt sehr viel Mühe, ihre Mutti aufzumuntern. Hanna hatte sich einigermaßen in ihr Schicksal gefügt und wollte nur noch für ihre Kinder da sein. Am Wochenende, wenn Roland auch zu Hause war, machten sie mit Moritz Ausflüge. So kam Hanna ein wenig auf andere Gedanken.
Inge verstand sich mit ihrem Vati dennoch recht gut. Sie glaubte immer noch, dass ihre Eltern bald wieder gut miteinander umgehen würden. Das war aber immer nur für kurze Zeit, wenn Hans wieder Versprechungen gemacht hatte. Inge war ein sensibles Mädchen. Sie fantasierte nachts und fiel mit ihren Gedanken in große Traurigkeit. Wenn Hans auch einmal zu Hause war, ging Inge häufig fort. Meist zu ihrer Freundin Uschi. Da fühlte sie sich wohl und deren Eltern stritten nie.

Hans merkte, dass die Familie auseinanderdriftete. So kaufte er ein Gartengrundstück. Obstbäume wurden gepflanzt. Stachel- und Johannisbeersträucher, Tomaten- und Erdbeerpflanzen. Zur Erntezeit hatten Hanna und die Mädels viel zu tun. In Körben wurde alles nach Haus gebracht, in Gläsern eingekocht und die

Regale wurden im Keller weiter für den Winter gefüllt. Wer einen Garten hatte, der konnte sich glücklich schätzen. Denn die Obstläden blieben leer.

Emma kam gerne. Sie musste nur die ganze Strecke von Schaala laufen. Sie blieb dann ein paar Tage und schlief in Rolands Bett. Hanna überlegte, einen Kuchen zu backen, und Inge war begeistert. »Ich rühre auch den Teig.« Und bald roch es in der ganzen Wohnung köstlich. Wenn Gudrun in der Berufsschule war, kam sie schon früher nach Hause. Und dann gingen Hanna, Emma und die Mädels in den Garten. Malzkaffee wurde getrunken und Kuchen gegessen. Bohnenkaffee gab es ganz selten. Wenn, dann wurden die Bohnen erst noch in der Pfanne geröstet. Hanna und Emma waren aber auch damit zufrieden, und es wurde erzählt und gelacht. Die Sorgen und Ängste waren für kurze Zeit vergessen.

Inge freute sich. Noch ein paar Tage und die Sommerferien begannen. Sie hatte dann so viel Zeit, etwas mit ihren Freundinnen zu unternehmen. Aber auch ihre Verwandten in Schaala und Eichfeld wollte sie besuchen.

An einem Ferientag war Inge mit ihrer Mutti und Moritz im Hof. Hanna versorgte die Kaninchen, die Hans gleich nach dem Krieg angeschafft hatte, um seine Familie gut mit Fleisch zu versorgen. Inge nahm für Moritz ein Stöckchen und warf es auf die Wiese. Sie sah, dass Hans mit dem Auto vorbeifahren wollte. Er sah Inge und rief: »Willst du mitfahren? Ich fahre nur nach Uhlstädt. Zum Mittagessen sind wir wieder hier.« »Ja, gerne«, freute sich Inge. Sie rief nach Moritz, denn er wurde auf Kurzfahrten oft mitgenommen und saß dann neben Inge. Hans wollte das dieses Mal nicht. »Der Hund bleibt hier.« Und schon fuhr er weiter. Moritz rannte hinter dem Auto her. Inge sah das und bat ihren Vati anzuhalten. Aber Hans blieb stur. »Bitte, lass mich aussteigen«, flehte Inge. »Du bleibst sitzen, der Hund findet allein nach Hause.«

Als sie wieder zurückfuhren und zu Hause ankamen, war kein Moritz da. Nach ein paar Tagen klingelte es an der Wohnungstür. Ein Polizist war es. »Sie haben doch einen Hund?«, fragte er. »Ja, der ist uns nur weggelaufen«, antwortete Hanna. »Sie wissen doch, dass Hunde wegen Tollwut nicht frei herumlaufen dürfen. Eigentlich müsste ich ihn erschießen, es tut mir nur leid um den Hund. Habe ihn ja öfters mit Ihnen gesehen. Holen Sie ihn sofort vom Schulplatz ab. Und lassen Sie ihn nie wieder freilaufen. Der bekommt Pausenbrot von den Kindern«, sagte noch der Polizist und ging schnell wieder weg. Inge rannte sofort zum Schulplatz, und sie sah dort tatsächlich ihren Moritz. Sie rief, und Moritz kam freudig angerannt. Inge streichelte ihn. »Du bist ja ganz schmutzig, du Ausreißer.« Sie nahm ihn schnell an die Leine. Ohne zu knurren, ließ Moritz das zu. Während sie nach Hause liefen, hopste er immer wieder an Inge hoch und zeigte so seine Freude.

Zu Hause angekommen, holte Inge die alte Zinkwanne und ging mit Moritz in das Waschhaus, um ihn zu waschen. Ein Stück Wurst nahm sie mit. Sie brach ein kleines Stück davon ab und gab es ihm. Er leckte noch danach seine Schnauze und ließ es zu, dass er in das Wasser gehoben wurde. Ein Wolfsspitz hat ein langes haariges Fell, wodurch die Reinigung mühsam war. Moritz verging über die Prozedur die Geduld, und er wollte aus der Wanne springen. Inge hatte die Wurst sichtbar nach oben gelegt, und sie zeigte ihm: »Wenn du nicht artig bist, bekommst du keine Wurst.« Als er fertig gewaschen war, wurde er abgerubbelt, und er bekam seine Wurst. Dann gingen sie in die Wohnung, und er legte sich auf seinen Platz und schlief ein.

Moritz, so schien es, war wieder ein artiger Hund. Er hörte, wenn er gerufen wurde. Die Tage vergingen. Hanna musste wieder die

Kaninchen füttern und nahm Moritz dazu mit. Er setzte sich vor die Tür und beobachtete sie. Als Hanna nach einer kurzen Zeit wieder zur Tür sah, war Moritz weg. Sie rannte hinaus und rief. Aber er lief weiter. Als Inge um die Hausecke kam, sah sie ihn und rief auch. Da rannte er so schnell er konnte, und Inge kam mit dem Tempo nicht hinterher. Am Abend gingen Inge und Gudrun los und suchten jeden Winkel ab. Es war vergebens.

Nach ein paar Tagen kam wieder der Polizist. Er war nun sehr ärgerlich und fragte Hanna: »Warum kam der Hund nicht an die Leine?« »Ich war nur im Hof und habe die Kaninchen gefüttert. Er saß anfangs auch dabei, und dann war er plötzlich weg«, entgegneten sie zögerlich. »Holen Sie ihn sofort vom Schulplatz ab«, sagte er noch und ging. Nach der Schule, Inge hatte Moritz gesehen, aber sie hatte keine Leine dabei. Schnell lief sie nach Hause, um die Leine und auch ein Stück Wurst zu holen und rannte wieder zum Schulplatz. Sie rief ihn, aber er kam nicht. Sie ging hin und redete mit ihm. Dann fasste sie zum Halsband. Er knurrte, riss sich los und biss Inge in den Arm. Sie schrie auf, konnte ihn aber doch noch an die Leine nehmen. Nach dem Schreck sah sie, dass sie eine lange Bisswunde hatte, und es blutete stark. Sie nahm ihr Taschentuch und drückte es gegen die Wunde und ging so schnell wie möglich nach Hause.

Beim Abendessen fragte Hans, woher sie die Wunde habe. »Ist nicht schlimm, bin mit dem Brotmesser ausgerutscht«, gab Inge zur Antwort. Hans sagte nichts dazu.

Am nächsten Morgen, Inge ging zur Toilette, sah sie die Leine mit Halsband hängen. Da wusste sie, dass Moritz nicht mehr lebt. Hans war mit ihm zum Schlachthof gefahren, der gleich nebenan gelegen war, und hatte ihn erschießen lassen. Inge war darüber sehr traurig, und sie beschloss, nie wieder mit ihrem Vater eine Tour zu fahren.

Inge wird erwachsen – hier erzählt sie selbst

Heute ist so eine herrliche Frühlingsluft. Die Sonne scheint. Die Vögel zwitschern. Und ich bin dabei und putze die Fenster.« »Inge, das musst du doch auch nicht sonntags machen«, lachte Hanna. »In der Woche bin ich ja kaum zu Hause. Bin ja gleich fertig. Was hältst du davon, wenn wir heute auf den Marienturm wandern? Vielleicht möchte Gudrun auch mit. Nur schade, Roland wäre bestimmt auch gern dabei. Ich vermisse ihn so sehr. Hoffentlich geht es ihm gut und er hat nicht so viel Sehnsucht. Im Westen ist alles schöner, und er kann ganz viel Apfelsinen und Schokolade essen. Aber wir sind seine Familie, und hier ist seine Heimat.«

Hanna saß tief in Gedanken versunken am Tisch. Roland hatte es nicht leicht gehabt. Hans meinte, Roland sollte sich anderen Wind um die Nase wehen lassen. Mit der Ausbildung war er fertig, aber seinen Platz im Elternhaus hatte er ja nie richtig gehabt.

Es war nicht schwer gewesen, vor dem Mauerbau nach West-Berlin zu kommen. Hans hatte Ersatzteile für sein Auto kaufen müssen. Und so hatte er Roland mitgenommen und zu einem Freund nach West-Berlin gebracht. Mit dessen Hilfe war Roland nach Hessen geflogen und wurde in Mainz ansässig.

Hanna wurde aus ihrer Gedankenwelt gerissen. Gudrun öffnete die Tür und erinnerte an den Braten, der fast angebrannt wäre, wenn sie ihn nicht umgedreht hätte. Erschrocken ging Hanna in die Küche und rief: »Wir wollen essen!« Ich goss noch schnell das Dreckwasser in die Toilette, machte die Fenster zu, prüfte noch die Scheiben und ging dann schnell zur Küche. Es gab wieder Klöße, das gehörte zu jedem Sonntag.

Nach dem Essen ging Hans auch weg, wollte in den Garten. Seit Hanna die Scheidung eingereicht hatte, distanzierte er sich von der Familie.

»Ich muss mir noch etwas anderes anziehen«, sagte ich. »Dann kann es von mir aus losgehen. Es ist besser, wir gehen den geraden Weg über Cumbach nach oben. Wir schaffen das sonst zeitlich nicht. Bei dem schönen Wetter können wir draußen sitzen und ein Stück Kuchen essen.« Gudrun und Hanna waren einverstanden. Hanna lachte. »Wenn wir dich nicht hätten, würden wir wohl den Marienturm gar nicht finden.«

Unterwegs erzählte Hanna von ihrer Scheidung. »Inge, dein Vater möchte, dass du mit ihm gehst. Du bist noch nicht volljährig.« »Niemals komme ich mit. Ich werde irgendwohin gehen, und ihr seht mich nie wieder. Pah, er hat meine Kindheit verpfuscht, und nun soll ich auch noch mit ihm gehen.« »Nun beruhige dich doch«, Hanna drückte Inges Hand. »Ich werde in nicht einmal zwei Jahren achtzehn Jahre. Kannst du mit der Scheidung nicht noch so lange warten?«

Die drei liefen schweigend nebeneinander. Hanna überlegte. Sie hatte viel Mut aufbringen müssen, die Scheidung einzureichen. Inge tat ihr leid, das konnte sie ihrem Kind nicht antun. Sie sagte: »Inge, ich muss mir das noch einmal durch den Kopf gehen lassen. Wollen wir jetzt nicht mehr darüber reden. Ich will dir ja auch nicht wehtun.« Auf den Marienturm angekommen, hatten wir Glück. Ein Tisch war frei mit einer guten Sicht. Andere Leute saßen schon an einigen Tischen und ließen sich von der Sonne verwöhnen. »Seht mal, jetzt sind wir noch höher als unsere Heidecksburg«, rief ich voller Freude. »Oh, nun kommt auch der Ober, und wir können etwas bestellen.«

Die Zeit verging sehr schnell. Die Mädels erzählten von ihrer Arbeit, und Hanna hörte gern zu. Erschrocken sah sie auf ihre Uhr. »Wir müssen jetzt bezahlen. Es wird ja bald dunkel. Wir gehen lieber auf der Straße entlang, das ist besser so.« Mit schnellem Schritt liefen wir los. Ich sah hin und wieder ängstlich zu beiden Seiten in den Wald. Gudrun scherzte. »Vielleicht folgt uns ein Eichhörnchen.« Nach einer halben Stunde waren wir in Cumbach angekommen. Und es war auch inzwischen richtig dunkel geworden. Angst mussten wir jetzt nicht mehr haben. Der Wald lag hinter uns.

Zu Hause angekommen, hatte Hans begonnen, das Abendbrot auf den Tisch zu stellen. »Ihr kommt aber sehr spät, Inge.« »Wir hatten einen sehr schönen Tag.« »Ich auch. Habe aus Erfurt Rosen mitgebracht und sie heute gepflanzt.« Hanna kochte schweigend den Tee. Und Gudrun stellte den Käse auf den Tisch. Nach dem Essen sagte ich: »Ich muss noch etwas in mein Berichtsheft schreiben und werde dann zu Bett gehen. Gute Nacht.« »Gehe auch schlafen«, beeilte sich Hans ebenfalls zu sagen.

Hanna war mit Gudrun allein. Sie waren froh, so konnten sie doch eine Weile miteinander reden. Gudrun sah Hanna erwartungsvoll an. »Ich weiß, woran du denkst«, sagte Gudrun. »Was soll ich tun? Wenn Inge nicht mit ihrem Vater mitwill, kann er sie doch nicht zwingen.« »Doch, kann er«, erwiderte Gudrun. »Sie ist noch nicht mündig.« »Dann muss ich wohl oder übel mit der Scheidung warten, bis sie achtzehn ist.«

Am nächsten Morgen sprach Hanna mit Hans. »Inge will nicht mit dir mitkommen.« Hans sah Hanna an und schüttelte den

Kopf. »Sie wird sich schnell an die neuen Umstände gewöhnen. Mein Entschluss bleibt, Inge kommt mit.« Hanna wollte nicht streiten. Sie sagte ihm, sie werde vorerst die Scheidungsklage wieder zurücknehmen. »Bald kann Inge über sich selbst entscheiden.«

Nachdem alle die Wohnung verlassen hatten, zog sich Hanna den Mantel über und ging einkaufen. Als sie zurückkam, sah sie im Postkasten einen Brief von einem Krankenhaus aus Mainz. Hanna erschrak, sie ahnte Schlimmes und dachte an Roland. Schnell ging sie in die Wohnung und machte mit zitternden Händen den Umschlag auf. Sie las, dass Roland an der linken Hand Quetschungen durch eine Maschine erlitten hatte. Es wurden drei Finger amputiert, Zeige-, Ring- und Mittelfinger. Die Familie sollte ihm jetzt Zuwendung schenken. Hanna setzte sich. Sie empfand einen tiefen Schmerz in ihrem Körper. Apathisch saß sie noch lange, die Hände vor dem Gesicht, bis endlich die erlösenden Tränen flossen. Wie sollte sie zu Roland kommen? Sie wollte am nächsten Tag ein Visum beantragen.

Hanna las noch einmal den Brief vom Krankenhaus. Da stand, dass Roland auf der Intensivstation lag. Die Besucher sollten sich im Schwesternzimmer melden. Sie legte den Brief wieder weg. »So schlimm ist es mit Roland.« Und wieder flossen die Tränen. Dann hatte sie eine Idee. Sie wollte im Krankenhaus anrufen. Auf dem Briefkopf hatte sie die Telefonnummer gelesen. Hanna wollte unbedingt alles über Roland erfahren. Vor allem aber wollte sie für Roland liebe Grüße bestellen.

Hanna hörte Schritte im Flur. Die Tür ging auf und Inge kam lachend herein. »Ich habe einen Freund getroffen, deshalb bin ich erst später hier. Aber wie siehst du denn aus, Mutti. Du hast geweint?« Hanna schob ihr den Brief vom Krankenhaus zu. Ich las und wurde blass. »Unser armer Roland und ich kann nicht zu ihm. Aber vielleicht du, Mutti.« »Ja, ich werde die Aufenthaltsgenehmigung beantragen. Ich muss doch unbedingt zu ihm.«

Am Abend kam Hans. Er sah, dass alle sehr traurig waren. »Ist etwas passiert, Hanna? Sag mir bitte, was passiert ist.« Sie gab ihm das Schreiben. Er las und drehte sich dabei um. Sein Kopf senkte sich, die Schultern zuckten, er weinte. Hans ging aus dem Raum und kam an diesem Abend nicht mehr wieder. Was sonst für ihn so wichtig war, das Essen, darauf verzichtete er.

Auch für Gudrun war diese Erfahrung schlimm. Aber sie war stark und tröstete ihre Mutti. »Ich komme mit. Wir beide beantragen einen Aufenthalt in Mainz. Aber es wird wohl nicht leicht sein, eine Genehmigung zu bekommen. Roland ist erst vor einem Jahr geflüchtet.« »Aber in diesem besonderen Fall«, meinte Hanna. Gudrun sah sie an. »Er hat die DDR verlassen. Das ist das schlimmste Vergehen, was man in diesem Staat machen kann.« Gudrun gab Hanna noch ihren Ausweis. »Ich muss ja morgen wieder zur Arbeit. Beantragen tust du das für uns beide.«

Am nächsten Tag ging Hanna zuerst in das Rathaus. Dort wurde der Unfall mit Roland bedauert. Man machte ihr aber wenig Aussicht auf eine Besuchserlaubnis. »Ihr Sohn ist noch gar nicht so lange flüchtig. Sie müssen erst einen Antrag stellen. Und zur Polizei müssen Sie auch noch gehen.« Hanna sagte nun mit ängstlich, bittender Stimme: »Mein Sohn liegt auf der Intensivstation und kämpft um sein Leben. Bitte machen Sie den Antrag auf dringlich.« »Gute Frau, wir können Ihren Kummer verstehen. Ihr Sohn ist jetzt im kapitalistischen Westdeutschland. Kommen Sie in der nächsten Woche wieder.«

Hanna ging anschließend zur Polizei. Sie war so furchtbar traurig und sie hatte Angst. Auf der Dienststelle hatte Hanna die Ausweise vorgezeigt. Sie erklärte wieder den Grund. »Mein Sohn braucht mich jetzt so sehr, um gesund zu werden. Er hat doch niemanden.« »Das hätte Ihrem Sohn vorher einfallen sollen, als er allein in den kapitalistischen Westen ausgereist ist. Er hat unsere Republik verlassen. Und nun bitten Sie uns, wir sollen Ihnen helfen. Nein, beste Frau, das geht nicht. Ihrer Tochter wird der Aufenthalt auch nicht genehmigt. Und nun gehen Sie, wir haben etwas Wichtigeres zu tun.«

Hanna verließ den Raum. Ihr wurde übel, der Kopf drehte sich wie bei einer Karussellfahrt. Sie konnte sich gerade noch auf einen Stuhl neben der Tür setzen. Sie stützte ihren Kopf in die Hände. Es dauerte, bis sie wieder die Kraft hatte, aus dem Gebäude zu gehen. Während sie nach Hause lief, dachte sie wieder daran, im Krankenhaus anzurufen. Sie schloss die Wohnungstür auf und ging erst einmal in die Küche, um ihren Durst zu stillen. Hunger hatte sie keinen. Der Appetit war ihr vergangen. Sie musste sich auf das Sofa legen, die Aufregungen waren zu viel. Sie schlief ein und wurde erst wieder wach, als Inge in die Stube kam. Hanna schreckte auf. »Oh, ich wollte doch nicht schlafen.«

Ich grinste: »Hast du aber. Ich frage dich auch nicht, sehe es dir an, was du erfahren hast.« »Ja, es war schrecklich. Die Leute im Rathaus und bei der Polizei haben mir Rolands Flucht vorgeworfen. Ich kam mir so klein und hilflos vor.« »Eigentlich konnte man sich das an allen fünf Fingern abzählen, dass nichts anderes herauskommt«, erwiderte ich und schüttelte den Kopf. »Etwas mehr Menschlichkeit hätte ich denen schon zugetraut«, entgegnete Hanna.

Hanna nahm den Telefonhörer und ich sagte ihr die Zahlen, die sie an der Scheibe drehen musste, um mit dem Krankenhaus verbunden zu werden. Aber es kam ständig das Besetztzeichen. Auch ein Knacken in der Leitung war zu hören, ein Zeichen, dass unser Telefonanschluss abgehört wurde. Gudrun schloss die Wohnungstür auf und sah die beiden im Flur. »Wen wollt ihr denn anrufen, Mutti?« »Das Krankenhaus in Mainz. Da ist nur dauernd besetzt.« »Hast du keine Besuchserlaubnis bekommen?« »Man hat mir in einer unschönen Art vorgeworfen, dass mein Sohn aus der Republik geflohen ist. Deshalb können sie mir keine geben.« »Naja, das konnte man sich ja auch denken.« Gudrun seufzte und sah ihre Mutter traurig an. »Wenn ihr um diese Zeit anrufen wollt, habt ihr wohl keinen Erfolg«, meinte Gudrun. »Da ist doch gerade Hochbetrieb in allen Krankenhäusern. Ist bei uns doch auch nicht anders. Ich schlage vor, dass du morgen in der Früh, um 8:00 Uhr, anrufst. Dann wird es bestimmt klappen.« Hanna hatte Bedenken. »Ich habe immer Knacken in der Leitung gehört. Kann doch sein, dass der Anruf nicht zugelassen wird.« »Du musst eben damit rechnen, dass du abgehört wirst«, meinte Gudrun. »Fragst nur, wie es Roland geht und dass du nicht kommen kannst. Und vor allem, bestelle von uns allen liebe Grüße.« Gudrun legte dabei ihre Hände wie zu einem Gebet zusammen und streichelte danach Hannas Wange.

Gudrun und ich gingen morgens sehr früh zur Arbeit. Hanna war auch schon aufgestanden. Sie machte für uns Mädels den Frühstückstisch fertig. »Was willst du denn schon so früh?«, fragte sie. »Ich will doch mit dem Krankenhaus telefonieren.« »Du hast mindestens noch eineinhalb Stunden Zeit«, erklärte Gudrun. »Ich bin ja auch noch nicht fertig. Schlafen kann ich sowieso nicht. Da kann ich auch aufstehen. Frühstücken möchte ich auch noch. Freut ihr euch denn nicht, wenn ich das Frühstück zubereite?« Ich umarmte Mutti. »Vielen Dank, liebe Mutti, wir essen sonst morgens ganz schnell, so nebenbei.«

Als Gudrun und ich aus dem Haus gingen, lief Hanna schnell zum Telefon. Sie überlegte noch einmal, was sie alles sagen wollte und hoffte, dass der Anruf durchgestellt wurde. Noch vor 8:00 Uhr rief sie an und freute sich, dass das Freizeichen ertönte. Eine Krankenschwester meldete sich. Vor Aufregung schoss Hanna das Blut in den Kopf. »Ja, hier Schwester Ursula, mit wem spreche ich bitte?« Die Stimme war so freundlich, dass Hanna endlich reden konnte. Sie nannte ihre Anschrift und den Grund ihres Anrufes. »Mein Sohn, der Roland, liegt bei Ihnen auf der Intensivstation. Ich darf leider nicht kommen.« »Das ist sehr schade. Ich kann das aber verstehen. Ihren Sohn mussten wir in ein künstliches Koma versetzen. Ich hoffe, er hat die Kraft weiterzuleben. Schreiben Sie Ihrem Sohn und legen Sie ein Bild von der Familie bei.« Hanna weinte, sie bat Schwester Ursula, Roland ganz liebe Grüße zu bestellen, wenn er wieder aufwacht. Sie bedankte sich und legte den Hörer zurück in die Telefongabel.

Hanna war froh, mit der netten Schwester Ursula gesprochen zu haben. Sie suchte sofort nach einem schönen Familienfoto. Sie fand erst einmal keines, wo die ganze Familie zusammen war. Klar, dachte sie, es musste ja immer einer fotografieren. Sie wollte schon die Bilder wieder in den Kasten legen, als sie doch noch eines fand.

Es war Pfingsten. Sie waren in Leipzig. Da stehen sie alle vor dem Völkerschlachtdenkmal. Eine Frau hatte sich angeboten zu fotografieren. Hans hatte damals geglaubt, dass mit dieser Fahrt die familiären Probleme wieder normalisiert werden konnten. So hatte er das bisher immer geregelt. Aber dieses Mal war es ihm nicht gelungen. Hanna wollte nicht mehr nachgeben. Zu oft hatte er versprochen und nichts gehalten.

Hanna seufzte. Sie wollte nicht mehr darüber nachdenken und legte die übrigen Bilder wieder weg. Dann schrieb sie Roland einen ganz lieben Brief. Das Kuvert mit dem Brief ließ sie auf dem Tisch liegen. »Die Mädels werden bestimmt auch noch etwas dazu schreiben«, dachte sie. So war es auch. Inge und Gudrun schrieben Roland kurze, aufmunternde und liebe Worte.

Nach ein paar Tagen hörte Hanna von der netten Schwester Ursula, dass Roland wach sei und es ihm den Umständen entsprechend gut ginge. Den Brief hatte sie Roland vorgelesen und ihm die Bilder gezeigt. Er hatte ein kleines Lächeln gezeigt. Hanna war so glücklich und sie bedankte sich. Sie fragte Schwester Ursula, ob sie wieder anrufen dürfte. Die Schwester hatte viel Verständnis für ihre Situation und sagte zu. »Rufen Sie immer morgens gegen 8:00 Uhr an. Kann sein, dass ich auch mal nicht anwesend bin. Werde den Schwestern Bescheid sagen. Dann bekommen Sie jede Information über Ihren Sohn.« »Vielen Dank für Ihre Hilfe. Sie sind sehr nett.« Erleichtert und froh beendete Hanna das Gespräch. Sie ging in ihre Stube und ließ sich in den Sessel fallen. Eine große Last der Angst wich von ihrer Seele. Sie hoffte nun, dass sie die nächste Nacht besser schlafen konnte und wünschte sich von ganzem Herzen, dass sie und die Mädels bald mit Roland telefonieren könnten.

Ich pfiff ein Liedchen vor mich hin, als Gudrun die Tür öffnete. »Ich bin so froh, dass ich achtzehn Jahre geworden bin. Nun kann mich Vati auch nicht mehr zwingen, mit ihm zu gehen. Und du hast eine erwachsene Schwester. Denk nur, Gudrun, ich habe den Herrn Köhler in der Stadt getroffen. Der ist doch Kunstmaler und leitet im Kunstfaserwerk einen Malzirkel. Er sagte, dass er sich freuen würde, wenn ich mit dabei wäre. Nun fahre ich einmal in der Woche hin. Er sagte, er habe da ein sehr schönes Atelier.« »Ja sicher, du malst ja so gern«, entgegnete Gudrun. »Ich finde, dass das eine sehr nette Freizeitbeschäftigung ist«, meinte ich. »Und Mutti hat sogar eine Arbeit gefunden und wird sich nun scheiden lassen«, fügte ich mit großen Augen hinzu. »Der Scheidungsantrag läuft doch schon. Nun gibt es kein Zurück mehr«, seufzte Gudrun und lächelte mir zu.

Die Zeit verging und die Scheidung wurde ohne Kompromisse ausgesprochen. Hanna kam doch traurig nach Hause. Gudrun und ich nahmen sie tröstend in die Arme. »Der Kaffeetisch ist gedeckt, Mutti.« Wir setzten uns gemütlich hin und erzählten uns etwas Lustiges. »Habe Kuchen vom Bäcker geholt, den Kaffee mache ich auch gleich«, lachte ihr Gudrun zu. Hanna war immer wieder tief in Gedanken versunken. »Es ist traurig, dass ich von eurem Vater keinen Pfennig Unterhalt bekomme.« »Aber das gibt es nun einmal in der DDR nicht«, beruhigte ich sie. »Der Monat ist bald um und du bekommst dein eigenes Geld.« Hanna lächelte jetzt zufrieden und das Thema war abgehakt.

Hans holte am nächsten Tag seine Kleidung ab. Seinen Schreibtisch wollte er in den nächsten Tagen abholen. Seine Mutter, Oma Anna, blieb in ihrem Zimmer wohnen.

Abends saßen wir alle drei noch gemütlich zusammen. Gudrun strahlte über das ganze Gesicht und Mutti und ich wunderten uns, was der Grund zur Freude war. »Nun sag schon, was gibt es Neues, Schwesterherz?«, scherzte ich. »Wir waren doch letzte Woche an der Gondelstation«, meinte Gudrun zögerlich. »Ja, da war doch so ein großer blonder Mann in deiner Nähe und sah dich immer an«, erinnerte ich mich. »Wir haben uns für nächsten Sonntag verabredet.« »Oh, das wird wohl etwas Ernstes?«, stellte Hanna freudig fest. Nun freuten wir uns über diese neue Botschaft.

»Ich muss euch aber auch etwas sagen.« Ich zögerte weiterzusprechen. »Hast du auch noch einen Freund gefunden?«, lachte Hanna. »Nein, ein paar meiner Bilder werden auf der Heidecksburg ausgestellt. Darüber freue ich mich sehr.« »Und wir sind stolz auf dich«, sagte Gudrun und Hanna nickte dazu. »Das sind ja gute Neuigkeiten.« Hanna sah ihre beiden Mädels an und streichelte beiden die Wange.

Ein Jahr verging. Hanna hatte sich inzwischen in der Firma eingelebt. Anfangs gab es noch Probleme, aber die hatte sie mit einem starken Willen gut überwunden. Gudrun war noch mit dem großen Blonden, dem Harry, liiert. Es sollte eine Liebe auf ewig werden. So kam Gudrun eines Tages nach Hause und erzählte Hanna, dass sie heiraten wollten. Hanna versuchte, ihre Tochter zu überzeugen, dass sie mit der festen Bindung doch noch etwas warten möchte. Denn die voreheliche Zeit sei die schönste, meinte sie. Gudrun sah ihre Mutter an und geriet in Verlegenheit. »Wir müssen heiraten, ich bin schwanger.« Beide setzten sich und schwiegen lange. Dann nahm Hanna Gudruns Hände. »Ich wünsche dir auf ewig Glück und ein gesundes Kind. Wir können uns aber keine große Feier leisten. Das Geld fehlt und du brauchst für euer Kind eine gute Aussteuer.« »Wir heiraten in dem Dorf, wo Harrys Familie lebt. Wir haben ja ohnehin keinen Platz.«

»Wohnen wirst du ja vorerst weiterhin bei mir. Ein Zimmer kann ich euch abgeben. Ich schlafe mit Inge in dem ehemaligen Kinderzimmer«, entgegnete Hanna.

So war das erst einmal geregelt. Aber das konnte auch nur eine Notlösung sein. Die Wohnung war zu klein für zwei Familien und die Oma Anna. Gudrun und Harry brauchten ihre eigene Wohnung.

Ich hatte erfahren, dass eine Wohnung in der Innenstadt über einen Ringtausch frei werden sollte. Der Ringtausch war allerdings nicht so einfach, denn es mussten erst zwei andere Wohnungen frei werden. Und das dauerte.

Endlich, nach über einem Jahr, wurde die Wohnung in der Innenstadt frei. Inzwischen hatte Gudrun ihren kleinen Matthias bekommen und nach einem weiteren halben Jahr konnte der Umzug stattfinden. Es war eine große Wohnung, für jeden Platz genug. Ich lebte mit Mutter in zwei Zimmern. Eine Schlafstube und eine Wohnstube. Die Küche nutzten wir gemeinsam. Gudrun hatte zweieinhalb Zimmer und alle waren glücklich.

Ich stützte den Kopf in beide Hände und überlegte, womit ich noch etwas verdienen konnte. »Woran denkst du?«, fragte Hanna. »Ich werde Zuckersäcke kaufen. Darauf kann man mit Ölfarbe gut malen. Oben und unten werden die Papierfäden rausgezogen. Oben wird er an einer Bambusstange verknotet und aufgehängt.« »Und du meinst, das geht?«, schüttelte Hanna ungläubig den Kopf. »Warum nicht, kannst du dir das nicht vorstellen?« Ich besorgte die Säcke, schnitt mir daraus zwei Stück zu und los ging es mit der Malerei.

Als Vorlage hatte ich den Druck von Hannas Teeservice gehabt. Ich war begeistert bei der Sache und merkte dabei nicht, dass Gudrun hinter mir stand. »Du machst das ja gut.« »Unfertige Bilder sollst du aber nicht ansehen. Außerdem darfst du dich nicht anschleichen«, grinste ich und malte weiter. Als der Behang fertig war, brachte ich ihn zu einem Kunstgewerbeladen. Dort hatte ich ihn zum Verkauf angeboten. Aber man sagte: »Wenn Sie einen Gewerbeschein haben, nehmen wir ihn gerne an.« »Einen Gewerbeschein habe ich nicht, so viel mache ich auch nicht.« Ich ging in ein anderes Geschäft. Dort bekam ich die Zusage. Man wollte den Behang verkaufen und ihn im Schaufenster so platzieren, dass er gut gesehen wird. Ich bedankte mich.

Ich war so aufgeregt, dass ich den jungen Mann nicht bemerkte, der interessiert im Verkaufsraum stand. Er kam auf mich zu und fragte, ob ich ihm auch so einen Behang malen könnte. Ich war sprachlos. Dann stotterte ich schnell: »Aber ja, natürlich gern.« Er gab mir ein Kärtchen. Ich steckte es in meine Manteltasche, ohne zu lesen. Der Mann ging aus dem Geschäft und ich handelte mit dem Verkäufer noch einen Preis für meinen ersten Behang aus. Dann ging ich auch. Draußen hatte ich das Kärtchen gelesen. Ich traute meinen Augen nicht. Der Mann kam aus Hamburg.

Die Flucht

Zu Hause angekommen, ließ ich mich erst einmal in den Sessel fallen und überlegte. Ich fragte mich: »Wieso will er einen Behang von mir, wenn es doch bestimmt im ›Westen‹ viel bessere gibt?« Meine Mutter öffnete vorsichtig die Tür. »Oh, da bist du ja doch schon gekommen. Ist denn irgendetwas passiert?« Ich erzählte nun, was ich eben erlebt hatte. Darüber wunderte sie sich auch. Und sie sagte lachend: »Drüben gibt es bestimmt nicht so gute Zuckersäcke.«

Nach zwei Wochenenden hatte ich den Behang fertig. Nun musste er noch verpackt und weggeschickt werden.

Nach kurzer Zeit entdeckte ich im Briefkasten Post. Sie kam aus Hamburg. Schnell rannte ich die Treppe hoch, schloss die Tür auf und ging in die Stube. Beim Öffnen des Kuverts holte ich tief Luft. Der Mann schrieb sehr nett und bedankte sich für den außerordentlich schönen Wandbehang. Er würde sich freuen über einen weiteren schriftlichen Kontakt. Nächstes Jahr wolle er zu seinen Verwandten nach Thüringen fahren, dann würde er mich gerne besuchen.

Ich lehnte mich in den Sessel zurück und schloss die Augen. Was sollte ich davon halten? Wir hatten uns doch nur kurz gesehen. Er sah ja gut aus, hatte einen kleinen Gehfehler. Aber das macht nichts. Alles in allem machte er einen guten Eindruck.

Der schriftliche Kontakt blieb aufrecht und die Zeit floss dahin. Ich freute mich auf jeden Brief, hatte aber auch Zweifel. Sollte ich die Bekanntschaft lösen und nicht mehr antworten? Dann kam wieder ein Brief und er schrieb, ob er mich am nächsten Samstag besuchen dürfe. Er würde noch schreiben, wann er ankommt. Ich schrieb zurück, dass ich mich freute und wünschte ihm eine gute Fahrt. Ich fieberte der Zeit entgegen.

Endlich war es soweit und ich ging zum Bahnhof, um ihn abzuholen. Die Begrüßung war sehr knapp, aus Angst, gesehen zu werden. Wir gingen ein Stück und setzten uns auf eine Bank. Dabei sahen wir uns immer wieder an. Er streichelte meine Hand und erzählte viel über Hamburg.

»Ich möchte, dass aus unserer Bekanntschaft eine Freundschaft wird. Ich mag dich und bitte, sag jetzt nicht ›Nein‹.« »Wie denkst du dir das? Zwischen uns ist eine Grenze, die nicht zu überwinden ist.« Ich schüttelte ungläubig den Kopf. »Wenn du nicht kommen kannst, komme ich zu dir.« »Du, hier rüber?«, zweifelte ich. »Wir sollen zum Kaffee kommen, sagte mir meine Mutter. Wir wohnen schräg gegenüber.«

Als er in die Wohnung eintrat, sah er meine Mutter und gab ihr die Hand. Er stellte sich vor: »Joachim Schulze aus Hamburg.« Er machte dabei eine tiefe Verbeugung. Wir verbrachten anschließend einen netten Nachmittag. Ich erklärte meiner Mutter, dass Joachim bei seinen Verwandten wohne. »Ja, und mein Zug fährt in einer halben Stunde«, meinte Joachim freundlich. »Ich danke Ihnen für den schönen Nachmittag. Wenn ich darf, komme ich morgen wieder.« »Aber ja, ich freue mich«, vernahm ich die Antwort meiner Mutter.

»Und jetzt bringe ich dich noch zur Bahn.« Meine Mutter brachte das Geschirr aus dem Zimmer. Joachim nahm nun meinen Kopf in seine Hände, sah mich lange an und gab mir den ersten Kuss.

Ich war vom Glück überwältigt und lachte Joachim an. »Bitte noch einmal.« Aber die Tür ging schon wieder auf und Mutter kam wieder. Er gab ihr die Hand und sagte: »Bis morgen, Frau Busch.« »Gerne, Herr Schulze. Bin wohl nicht hier. Es soll wieder schönes Wetter werden. Und da bin ich im Garten.«

»Ich werde Joachim etwas von der Stadt zeigen. Vielleicht gehen wir auch auf das Schloss«, entgegnete ich. »Und nun wollen wir schnell zum Bahnhof, sonst bekommst du den Zug nicht mehr.«

Ich nahm Joachims Hand und zog ihn fort. Während wir zum Bahnhof liefen, fragte er: »Was hältst du davon, wenn du übermorgen zu mir nach Orlamünde kommst?« »Ja, das können wir gerne so machen. Da bin ich noch nie gewesen.«

An dem Tag holte er mich von der Bahn ab. »Ich kenne einen sehr schönen Weg, den möchte ich mit dir gehen, Inge.« Den liefen wir auch und kamen auf eine wunderschöne Blumenwiese. Unter dem Baum konnten wir eine Rast machen.

Wir breiteten unsere Jacken aus und gaben uns der Schönheit der Natur und unseren Gefühlen hin. Es war mein glücklichster Tag und wir schworen uns ewige Liebe.

Schnell war die Woche um und Joachim musste abreisen und ich ging wieder arbeiten. Wir hatten eine Abmachung, nicht so oft zu schreiben. Auch keine Gefühle mitzuteilen, denn die Post wurde kontrolliert. Ich kannte das von meinem Bruder Roland, der im Westen lebte.

So verging ein Jahr recht schnell. Ich hatte meine Arbeit und nebenbei malte ich, was mir sehr viel Freude bereitete. Bis eines Tages wieder ein Brief kam. Joachim schrieb, dass er sich wieder bei seinen Verwandten angemeldet habe. Er komme nächste Woche. Ich bekam so starkes Herzklopfen, dass ich mich setzen musste. Ich hörte Mutti im Flur und rief aufgeregt: »Joachim kommt nächste Woche!« Sie machte die Tür auf. »Du musst zum Milchladen, dass wir mehr Milch und Butter bekommen. Die Zuteilung auf der Lebensmittelkarte ist viel zu wenig. Zwei Stück Butter wären genug. Wenn wir mehr bezahlen, ist er vielleicht einverstanden. Sag im Laden, dass der Besuch unverhofft kommt. Sag aber nicht, dass er aus dem Westen kommt.« »Mach ich doch, Mutti.« »Ich backe auch einen Kuchen«, sagte Mutter und machte die Tür wieder zu. »Du bist die Beste«, rief ich ihr hinterher.

Der große Tag von Joachims Ankunft rückte immer näher. Ich dachte immer wieder über uns nach und bekam Zweifel. Wie sollte das bloß mit uns weitergehen? Einmal im Jahr sehen und dann war er wieder weg. »Nein,« dachte ich, »daraus kann nichts werden.«

Als ich wieder am Bahnhof wartete, um Joachim abzuholen, hatte ich tausend gemischte Gefühle. Aber als ich den Zug hörte, waren meine Zweifel vergessen. Die Freude und das Herzklopfen waren wieder da. Ich wartete im Bahnhofsgebäude und sah ihn, als er durch die Sperre lief. Dann kam er lachend auf mich zu und wir gaben uns ganz fest die Hand und blickten uns dabei voller Sehnsucht an. Dann gingen wir weiter in die Wohnung. Dort gaben wir uns den lang ersehnten innigen Kuss. Wir lachten uns beide an und die Welt war wieder in Ordnung. »Ich habe eine Woche Urlaub bekommen. Wie lange kannst du bleiben?«

»Ich bleibe zwei Wochen«, meinte Joachim. »Du kannst dann im Wohnzimmer auf dem Sofa schlafen.« Joachim überlegte: »In der zweiten Woche werde ich zu meinen Verwandten gehen und wieder da sein, wenn du von der Arbeit kommst. Wir werden eine schöne Zeit miteinander haben.«

In der ersten Woche hielten wir uns oft in der Wohnung auf. Es war Anfang Mai und noch sehr kühl. Mutter gönnte uns die gemeinsame Zeit. Wenn sie nichts in der Küche zu tun hatte, ging sie in Gudruns und Harrys Wohnzimmer. »Darf ich denn bei euch bleiben, solange Joachim da ist?«, fragte Mutter etwas ängstlich. »Klar kannst du das«, nickte Harry ihr zu.

Joachim hatte mir etwas Wichtiges mitzuteilen. Nachmittags sagte er zu mir feierlich: »Ich möchte mit dir über unsere Zukunft sprechen.« »Du machst das ja spannend. Willst du mir etwas über deine Familie erzählen?«, wunderte ich mich. »Ich möchte dich nicht immer nur besuchen. Du möchtest doch auch, dass wir für immer zusammenbleiben. Ich werde dich nach Hamburg holen.« »Und wie soll das denn gehen?« Ich stand auf. Ich konnte nicht mehr still sitzen.

»Komm, setz dich wieder. Mein Boot werde ich verkaufen. Dafür kaufe ich eine Isetta. Das ist ein sehr kleines Auto. Fast wie ein überdachtes Motorrad. Nur, dass man nebeneinandersitzt. Mit dem Auto kann ich hier nicht einreisen. Das muss über die Tschechoslowakei gehen. Nach Karlsbad wirst du eine Reise anmelden. Der Ort liegt nicht weit weg von der Grenze. Ich bin dann zur gleichen Zeit da und übernachte im Hotel Moskwa.«
Ich war geschockt. Sah ihn ungläubig an. »Du hattest doch auch gesagt, dass du zu mir kommen wolltest.« »Ach Inge, ich habe doch hier keine beruflichen Chancen.« »Ja, meinst du, dass ich die bei euch habe? Und was passiert, wenn es schiefgeht. Dann sind wir beide erledigt. Ich auf jeden Fall.«

Joachim sah mich intensiv an. Streichelte meine Hand. Gab mir einen Kuss und sagte: »Du darfst nicht zweifeln, wir schaffen das.« Mir war mein Mund so trocken, dass ich nicht antworten konnte. »Du wirst mir schreiben, wann du die Reise antreten kannst. Aber schreibe immer so, dass du jemanden anderes meinst. Ich mache das ähnlich. Schreibe aber nicht über die gleiche Zeit.«

»Und wie sieht die Isetta aus, hast du ein Bild?«, fragte ich. Joachim zeichnete nun die kleine bucklige Isetta und erklärte, dass sie vorn aufgemacht wird. Da wird man auch einsteigen. »So etwa. Die wirst du auf dem Parkplatz vom *Hotel Moskwa* erkennen.«

Das war mir alles ziemlich utopisch und ich sagte: »Ich werde erst einmal darüber nachdenken und morgen sprechen wir wieder darüber.« Die Tür ging auf und meine Schwester Gudrun kam herein. »Das Abendbrot in meiner Stube. Kommt dann bitte.«

»Danke, Gudrun«, gab ich etwas gequält von mir. »Habt ihr Probleme?«, fragte sie. »Nein, ist alles gut«, lachte ich ihr zu.

Ich konnte die ganze Nacht nicht schlafen. Beruhigte mich aber. »Vielleicht darf ich nicht in die Tschechoslowakei einreisen. Auch in das östliche Ausland ist es schwierig.« Am anderen Morgen sagte ich Joachim meine Bedenken. »Ich werde morgen in das Reisebüro gehen und nachfragen.«

Am anderen Tag stand ich mit Herzklopfen im Reisebüro und fragte: »Im nächsten Jahr möchte ich nach Karlsbad reisen.«

»Sie können fahren, aber nur mit einer Gruppe. Sie sollten sich das schon bald überlegen, in welchem Monat Sie fahren wollen«, sagte die Reisefachfrau freundlich. Ich bedankte mich. »In der nächsten Woche werde ich wiederkommen«, sagte ich erleichtert und ging aus der Tür. Als ich nach Hause kam, war Joachim allein. So konnten wir ungestört reden. Ich wollte der Familie nichts von meinem Vorhaben erzählen. »Ich darf nur mit einer Gruppe verreisen«, sagte ich. »Ja, so kann es ja auch gehen«, meinte Joachim und lachte mir Mut zu. »Du darfst nicht zweifeln, Inge.«

Als Joachim wieder weggefahren war, war ich mit meinen Gedanken allein. Er hatte mir immer viel über Hamburg erzählt, auch Bilder gezeigt. Das interessierte mich alles und der Wunsch, dieses Alles zu sehen, wurde immer größer. Nur die Schwierigkeiten zu überwinden, wie sollte das gehen? »Der kleinste Fehler und unser Vorhaben hat ein schlimmes Ende. Mit niemandem darf ich reden. Nicht mit der Familie, Verwandten oder mit meiner lieben Freundin.«
Mein Schwager war in einer führenden Position und in der Partei. Deshalb konnte ich auch mit Gudrun nicht reden. Harry könnte alles ausplaudern. Meiner Mutter wollte ich das nicht antun, dass sie, wenn es schiefgeht, als Mitwisserin bestraft wird.

Nach ein paar Wochen ging ich in das Reisebüro, um meine Reise im Juli anzumelden. Ich bekam Unterlagen, die ich ausfüllen musste. Am nächsten Tag hatte ich alles abgegeben. Man sagte mir, wenn sich genug Leute für die Reise zu einer Gruppe finden, wollten sie mir Bescheid geben. Nach einem Monat fragte ich nach. Ich sah in diesem Raum die Freundin von unserer Sekretärin. Ich bekam Angst, weil ich im Betrieb von meiner Reise nichts erzählen wollte. Ich hoffte, dass sie mich nicht bemerkte und erkannte. Immer, wenn ich nachfragte, ging ich über eine Seitenstraße in das Reisebüro. Ich hatte große Angst, weil ich glaubte, man erkannte, wozu ich diese Reise gewählt hatte. Wohin ich auch ging, ich fühlte mich beobachtet.
Endlich, als ich wieder zum Reisebüro ging, sagte man mir, ich könnte im Juli fahren.
»Die Papiere werden Ihnen zugeschickt«, sagte die freundliche Frau. Ich war so glücklich.

Nach einer Woche hatte ich Joachim geschrieben, dass ich vom dritten bis siebzehnten Juli verreisen werde: »Du kannst mich in dieser Zeit nicht besuchen.«

Ich distanzierte mich immer mehr von Freunden, aber auch von der Familie. Aus Angst, ich könnte irgendetwas sagen, womit ich mein Vorhaben verrate. Wir schrieben uns auch seltener und nur von belanglosen Dingen. So ging die Zeit schnell vorbei. Im Juni arbeitete ich länger und kam erst spät nach Hause. Ich wollte auch eine gute, abgeschlossene Arbeit hinterlassen. Es war mir auch lieber so. Zu Hause ging ich manchen Fragen aus dem Weg. Ich erklärte, dass ich vor meinem Urlaub noch so viel aufzuarbeiten hätte.

Vom Reisebüro erhielt ich die Fahrkarte und man teilte mir mit, dass sich fünfzehn Leute für diese Reise gemeldet hätten. Sie stiegen in verschiedenen Orten zu und in Karlsbad würde die Gruppe abgeholt und zum *Hotel International* gefahren. Auf dem Nachhauseweg machte ich mir Gedanken, was für Kleidung ich mitnehmen sollte. Es sollte wenig sein, auch keine so guten Sachen. Ich muss später alles zurücklassen. Gudrun fragte ich, ob sie mir ihren kleinen Koffer leiht. »Ja, natürlich«, sagte sie. »Wenn dir der kleine Koffer genügt.«

Der Tag der Abreise kam. Die letzte Nacht verbrachte ich fast schlaflos. Mutti sagte am Morgen: »Du bist ja so aufgeregt, hast auch noch fantasiert.« »Hast du etwas verstanden?«, fragte ich erschrocken. »Nein«, sagte sie. Und dabei sah sie mich mit großen Augen ängstlich an.

Als ich mich von meiner lieben Mutti verabschiedete, war ihr Blick sehr traurig. Sie streichelte mir die Wange und wir umarmten uns ganz fest.

»Du musst wissen, was du tust, bist ja erwachsen.« In ihren Augen glänzten Tränen. Und ich ging schnell aus der Tür. Es fiel mir schwer, ich durfte aber nichts verraten. Mitwisser werden auch bestraft. Sie hatte es wohl doch gemerkt, was ich vorhatte. Aber sie schwieg.

Aus dem Haus kommend, lief ich schräg über die Straße. Und da war auch schon der Bahnhof. Ich ging durch das Bahnhofsgebäude, lief durch die Unterführung zum Gleis und blieb etwa in der Mitte stehen. Sah mir auch die Leute an und dachte wieder an Verfolgung. Etwas Zeit hatte ich noch, bis der Zug eintraf. Meine so vertraute Umgebung sah ich noch einmal an und dachte: »Wann werde ich meine Heimat wiedersehen?«

Der Zug kam und ich stieg ein. Ich stellte meinen Koffer an den Platz, wo ich sitzen wollte und ging zum Fenster auf dem Gang, weil ich unsere Wohnung zwischen den Bäumen noch einmal sehen wollte. Der Zug fuhr an und gleich darauf konnte ich noch meine liebe Mutti sehen, die winkend auf dem Balkon stand. Die Tränen flossen und ich konnte nicht aufhören zu weinen. Ich hatte auch Angst, mich umzudrehen, weil ich vielleicht beobachtet wurde. Als der Tränenfluss getrocknet war, waren wir kurz vor Jena und ich setzte mich auf meinen Platz. Den Koffer stellte ich daneben.

So fuhr der Zug weiter bis zur tschechischen Grenze. Die Kontrolle wurde sehr genau gemacht. Die Kontrolleure trugen schwarze Lederhandschuhe mitten im Sommer.

»Warum?«, dachte ich. Die Fahrt ging dann weiter und wir waren bald in Karlsbad. Ich sah eine Frau mit einem Schild. »Deutsche Reisegruppe«. Es war unsere Reiseleiterin. Ich lief mit anderen Leuten, die zu dieser Reisegruppe gehörten, zu ihr. Sie begrüßte uns sehr freundlich. Dann fuhren wir mit einem Kleinbus zu unserem Hotel. Dort wurden wir über so mancherlei Dinge informiert und bekamen die Zimmerzuweisung. Ich bekam ein Zimmer, zusammen mit einer älteren Frau.

»Warum ist diese Regelung so getroffen worden?« Ich bekam Bedenken. Vorsicht war geboten.

Der Raum war mit einer Glaswand teilweise getrennt, sodass man immer den anderen sehen und sprechen konnte. Wenn man aus dem Fenster sah, konnte man nur ein Stück Felswand sehen. Deshalb war der Raum auch verhältnismäßig dunkel. Später erfuhr ich, dass die Vorderseite von Westbürgern bewohnt wurde.

»Wie schade«, dachte ich, »unser Geld ist eben nichts wert«, beruhigte ich mich schnell wieder. Ich dachte über den nächsten Tag nach. Nach dem Frühstück wollte ich zum *Hotel Moskwa*. Zur Reiseleiterin, Frau Rode, sagte ich, dass ich die Stadt ansehen wollte.

»In einer Woche wollen wir nach Marienbad », sagte Frau Rode. »Ja, da komme ich gerne mit«, lachte ich Frau Rode freundlich an. »Ich bin auch gern allein unterwegs, um gute Motive zu finden. Ich male sehr gern.« »Das ist ja interessant«, sagte Frau Rode, »die sollen Sie auch haben.«

Ich suchte vier Tage auf dem Parkplatz und in der Stadt, konnte Joachim aber nicht finden. Was war geschehen? Hatte die Isetta die Strecke nicht geschafft? Ich konnte mir keine Antwort geben. Meine Nerven lagen blank. Der Schlafmangel kam hinzu. Am nächsten Tag nahm ich mir vor, nicht mehr überall hinzurennen. Vor dem Hotel war eine Kreuzung. Dahinter ein kleiner Park. Ich setzte mich auf eine Bank, nahe der Straße. Ich dachte:

»Wenn er hier vorbeifährt, kann ich ihn gut sehen und er mich auch.« Ich saß nur eine kurze Zeit, da lief ein Mann über die

Straße. Es war mein Joachim. Ich hätte am liebsten vor Freude Luftsprünge gemacht.

Ich stand auf und er sah mich auch und winkte kaum merklich in eine Richtung. Ich folgte ihm in einem guten Abstand. Ein kleiner Weg, neben dem Hotel, führte in den Wald. Ich lief erst einmal zur Hoteltür, öffnete die Tür und ging kurz hinein. Beim Öffnen der Tür überzeugte ich mich davon, dass uns keiner folgte. Ich konnte niemanden sehen und ich war erleichtert. Dann ging ich schnell in Richtung Wald und holte Joachim ein. Ich nahm seine Hand. Wir gingen zusammen noch ein Stück weiter in den Wald. Dort nahm er mich innig in die Arme.

»Nun haben wir uns endlich wiedergefunden«, sagte ich unter Tränen. Wir küssten und umarmten uns. Wollten nicht mehr voneinander lassen. Dann sah mich Joachim lange an. »Uns steht noch eine harte Prüfung bevor, die wir schaffen müssen.«

Wir setzten uns in das Gras. Ich sagte ihm, dass ich den nächsten Tag eine Fahrt nach Marienbad mitmachen würde.

»Mein Fernbleiben fällt schon auf. Ich habe dich schon vier Tage gesucht, wo warst du?«

»Die Isetta musste ich in eine Werkstatt geben. Die Wartezeit war für mich auch schlimm. Ich werde dann morgen den Tank ausbauen und einen Motorradtank auf die Plattform legen. Da ist sonst kein Platz für dein Bein. Du musst auf der Achse sitzen.« Ich konnte mir das nicht vorstellen und schwieg.

Plötzlich hörte ich hinter uns ein Knacken. Ich drehte mich um und sah einen Kopf hinter einem Busch. »Joachim, wir werden beobachtet. Ich habe eben einen Kopf hinter dem großen Busch da oben gesehen.« Wir standen sofort auf. Er streifte einen Schlagring über die Finger. Wir waren fürchterlich aufgeregt.

Langsam gingen wir den Weg wieder zurück. Drehten uns aber immer wieder um. Konnten aber niemanden sehen. Wir sprachen noch über den nächsten Tag.

»Nach dem Abendessen, um 19:00 Uhr, werden wir uns vor dem *Hotel Moskwa* treffen. Ich komme schon etwas früher, um dich gleich zu sehen. Wir werden dann kurz hinter dem Parkplatz die nächsten Tage besprechen.« Joachim drückte mir noch fest die Hand. Mit viel Wehmut gingen wir wieder auseinander.

Gleich nach dem Frühstück liefen wir mit Frau Rode zum Bus. Da standen Kinder und bettelten. Sie sagten »Kaugummi«, den gab es ja in der DDR auch nicht. Nachdem alle eingestiegen waren, begann die Fahrt. Frau Rode gab uns gute Ratschläge, die zu beachten waren. Die Fahrt benutzte ich, um nachzudenken. Ich schloss die Augen. Wollte von niemandem angesprochen werden. Unser Aufenthalt ging langsam dem Ende zu. Wir mussten die Flucht wagen. Ich konnte mir immer noch nicht richtig vorstellen, wie ich mich in der kleinen Isetta verstecken soll. Meine Gedanken gingen zu Joachim. Ich hoffte, dass er es schaffte, den Tank umzubauen. Von Marienbad habe ich nicht sehr viel wahrgenommen. Ich war froh, als wir wieder zurückfuhren.

Nach dem Abendessen ging ich zum *Hotel Moskwa*. Joachim wartete schon und winkte mir zu. »Wir fahren wieder in Richtung Wald. An dem Tank muss ich noch etwas ändern. Der Benzinschlauch passt nicht richtig. Es dauert aber nicht lange. Dann fahren wir wieder zurück. Morgen soll die Flucht beginnen. Mein Visum läuft ab.«

Ich hatte mich doch über die Tatsache, dass es losgehen soll, sehr erschrocken. Ich ging ein paar Schritte und blieb an der Isetta stehen. »Und wo soll ich mich denn da verstecken?« »Steig erst einmal ein, ich erkläre dir gleich alles.« Joachim sah sich rundherum um und machte die Tür auf. Diese wurde vor den zwei Sitzen seitlich geöffnet. Ich stieg zögernd ein. Wir fuhren etwas weiter. Mir fiel auf, dass die ganze Zeit ein roter Škoda hinter uns fuhr. Ich machte Joachim darauf aufmerksam.

»Ich biege in den nächsten Waldweg ab. Dann werden wir sehen.« Das Auto fuhr weiter und wir fuhren ein Stück auf dem Waldweg zurück. Wir waren froh, dass das rote Auto nicht wieder zurückkam. Joachim erklärte mir nun mein Versteck: »Das hintere Rad wird abgebaut. Du wirst dann zu dieser Öffnung, mit den Füßen zuerst, durchkriechen und dich auf die Achse setzen. Es ist gut, wenn du eine lange Hose trägst. Ein Kleid musst du mitnehmen. Wenn wir es geschafft haben, brauchst du frische Sachen zum Anziehen.«

Als ich das hörte, bekam ich allmählich weiche Knie. Schnell wurde der Benzinschlauch mit einem festen Band umwickelt und wir fuhren wieder zurück. »Es wird sonst zu spät«, meinte Joachim mit einem besorgten Blick. »Morgen, nach dem Frühstück, läufst du an die Stelle, wo wir zuerst waren. Dann fahren wir los in Richtung Grenze.« Er hielt kurz an einer geschützten Stelle. Wir hielten unsere Hände fest und sahen uns innig an. Dann stieg ich schnell aus.

Im Hotel angekommen, ging ich schnell auf mein Zimmer. Als ich die Tür aufmachte, stand die Frau, die mit im Zimmer wohnte, vor meinem Tisch. »Was haben Sie denn heute gemalt?«, fragte sie mit neugierigem Blick. »Ich war noch ein wenig spazieren. Jetzt wollen wir erst einmal zum Essen gehen. Kommen Sie mit?«, fragte ich ruhig und lachte sie fröhlich an. Ich wunderte mich selbst über meine Ruhe. Es ging aber jetzt um alles oder nichts.

Der kleinste Fehler konnte alles verderben. Ich dachte nur: »Ist doch gut, dass wir morgen fahren. Es wird langsam mulmig.«

Im Speiseraum angekommen, kam Frau Rode zu mir. »Bevor wir wieder nach Hause fahren, wollen wir übermorgen eine Stadtrundfahrt machen.« »Oh, das ist sehr schön. Ich habe da auch schon darüber nachgedacht und wollte das machen. Ich bin dabei.« Voller Freude nickte ich ihr zu. »Gut, dann schreibe ich Sie mit auf die Liste.«

Dann wünschte sie mir noch einen guten Appetit. Obwohl mein Magen das Essen ablehnte, tat ich so, als ob ich großen Hunger hätte. Dabei sah ich zu Frau Rode und dachte, »es tut mir doch sehr leid, diese nette Frau zu enttäuschen.«

Gleich nach dem Essen ging ich auf das Zimmer zurück. Bevor die Frau kam, wollte ich mich für den nächsten Tag vorbereitet haben. Die Hose legte ich schon für morgen zurecht. Einen Beutel hatte ich auch mit, da kam das Kleid hinein. Das hatte ich mir noch in Karlsbad gekauft. Und etwas Unterwäsche kam auch noch dazu. Den Beutel legte ich in mein Bett. So wollte ich auch schlafen. Meiner Zimmernachbarin durfte ich nicht die Möglichkeit geben, da hineinzuschauen. Die übrige Kleidung legte ich in den Koffer. Als sie kam, nahm ich mein Buch und tat so, als ob ich ganz interessiert lese. So verging auch dieser Abend.

In der Nacht schlief ich doch für eine kurze Zeit ein. Dann schreckte ich auf. Ich bekam große Angst, fantasiert zu haben. Ich horchte in den Raum hinein. Ich konnte aber nichts hören. Ich bekam starkes Herzklopfen. Setzte mich im Bett auf und atmete tief durch. Langsam wurde ich ruhiger und legte mich wieder hin. In Gedanken war ich immer wieder in die Isetta gekrochen. »Was ist, wenn ich das nicht schaffe?« Meine Kräfte und mein Gebet werden helfen.

Ich war froh, als es endlich Tag wurde. Konnte ich doch schon in den Raum hineinsehen und das Bett von meiner Zimmernachbarin beobachten. Die Frau schlief und ich konnte zufrieden sein. Dann holte mich aber doch noch einmal der Schlaf ein. Ich wurde wieder wach, als die Frau das Radio einschaltete. Ich rief ein freundliches »Guten Morgen« und stand schnell auf. Ich nahm meine Sachen mit dem Beutel und ging in die Badestube. Die Dusche stellte ich warm und kalt und das tat gut. Ich fühlte mich sehr viel wohler und mit viel Zuversicht und Mut sah ich dem Tag entgegen. Die Frau hörte ich rufen. »Sind Sie bald fertig?« »Ja, in fünf Minuten.« Schnell zog ich mir noch etwas über. Dann ging ich raus. »Entschuldigung«, und nickte ihr freundlich zu.

»Na, schon gut«, sagte sie ungewöhnlich nett. Mir fiel ein Stein vom Herzen. Wenn sie nachts etwas gehört hätte, wäre sie bestimmt nicht so freundlich. »Ich gehe schon mal zum Frühstück.« Dann ging ich aus der Tür.

Im Frühstücksraum waren noch nicht alle Leute da. Frau Rode fehlte auch noch. Das war mir recht. Wollte jetzt auch nicht angesprochen werden. Ich aß ein Brötchen und trank eine Tasse Kaffee, ging dann schnell hinaus. Ich sah mich draußen noch einmal um und lief den Waldweg hoch. In einer Biegung sah ich auch schon die Isetta stehen. Joachim stand daneben. Wir begrüßten uns nur kurz, indem wir uns ansahen und die Hände drückten. Schnell setzten wir uns hinein. Ich legte Joachims Mantel über mich, damit mich niemand sehen konnte, und die Fahrt begann. Wir fuhren auf der Straße, wie in den letzten Tagen. Und ich sah wieder den roten Škoda. »Joachim, der rote Škoda fährt wieder hinter uns«, erschrocken zischte ich es Joachim zu.

»Ich fahre in die nächste Abbiegung«, entgegnete er ganz ruhig. Das nahm mir die Angst und machte mir wieder Mut. Der Weg kam auch bald. Er führte in einen Ort. Da fuhren wir hin. Hielten an einem Haus und beobachteten das Auto. Das fuhr auf der Hauptstraße weiter.

Joachim hatte eine Karte und wir konnten sehen, wie wir mit einem kleinen Umweg in Richtung Grenze fahren konnten. Als wir aus dem Ort fuhren, deckte ich mich wieder mit dem Mantel ab, der rechts neben mir am Haken hing. So war ich nicht mehr von außen zu sehen. Wir mussten auf einer sehr schlechten Wegstrecke weiterfahren und kamen dann noch einmal kurz auf die Hauptstraße, bogen aber gleich wieder in eine kleine Seitenstraße ab. »Wir sind jetzt schon ziemlich nah an der Grenze«, informierte mich Joachim leise. Wohl aus Furcht, es könnte doch jemand hören.

»Jetzt sehe ich einen Schuppen, daneben sind große Büsche. Da halten wir und wir werden uns nach einem Versteck umsehen.« Um zu dem Schuppen zu gelangen, fuhren wir auf einen sehr schmalen Feldweg. Joachim fuhr die Isetta hinter einen großen Busch, so dass sie von vorn kaum zu sehen war. Er nahm seine Tasche, die hinter unseren Sitzen auf einer Plattform stand, und legte meinen Kleiderbeutel hinein. Er holte eine Flasche Wasser heraus und bot mir an, ein wenig zu trinken. Wir stiegen aus und umarmten uns. Dann besahen wir erst einmal den Schuppen von innen und Joachim war zufrieden.

»Wir können uns zur Not ganz gut hier verstecken. Jetzt werde ich ein Rad abbauen und du wirst mit den Füßen zuerst hineinrutschen. Du musst es irgendwie schaffen.« Ich legte mich auf den Boden, sah die Achse und versuchte immer wieder, da hineinzukommen. Endlich konnte ich mich auch seitlich auf die Achse setzen, aber für meinen Kopf war kein Platz. Für meine Körpergröße von einem Meter siebzig war der Raum zu kurz. Joachim beruhigte mich. »Ich werde aus der Deckplatte ein Viereck ausschlagen. Ich habe ein Stemmeisen und Hammer mit.« Er hatte das unter dem Sitz versteckt. Ich rutschte wieder aus der Radöffnung heraus und ging in den Schuppen. Joachim machte sich gleich an die Arbeit und schlug die Platte auf. Die Schläge waren furchtbar laut und wir hatten große Angst, gehört zu werden. Plötzlich sah ich einen Mann den Weg entlangkommen. Ich rief:»Da kommt ein Mann.« Schnell deckte Joachim die Abdeckplatte mit einer Decke ab und machte sich am Rad zu schaffen. Der Mann hatte gebrochen Deutsch gesprochen und sagte:»Kann ich helfen?«

»Nein danke, ich bin gleich fertig«, entgegnete Joachim freundlich. Der Mann hatte einen Milchkrug dabei. Darüber wunderte ich mich. Er redete und es fiel ihm immer wieder etwas ein, die Unterhaltung weiterzuführen. Bis er dann endlich ging.

»Ich werde jetzt mit dem Aufschlagen aufhören. Kann sein, dass der Mann wiederkommt«, meinte Joachim nachdenklich. In dem Schuppen waren seitlich aufgestellte Bretter und Heuhaufen. Dahinter wollten wir uns verstecken. Meine Gedanken waren wieder bei dem Mann und ich sprach Joachim deshalb an.»Warum läuft der in der Einöde mit dem Milchkrug rum?« Joachim schüttelte den Kopf.»Vielleicht ist in der Nähe ein Bauernhof, machen wir uns doch nicht verrückt.« Joachim sah mich dabei sorgenvoll an. Er holte aus seiner Tasche für jeden ein Brötchen und die Flasche Wasser.»Du musst etwas essen. Diese Nacht ist lang«, lächelte er mich an und gab mir einen Kuss.

Nach unserem Abendessen schoben wir noch etwas mehr Heu hinter die aufgestellten Bretter, damit wir einigermaßen sitzen konnten. Das war unser Nachtlager. Wir saßen dicht beieinander. Joachim hielt meine Hand, dadurch gaben wir uns so viel Mut und Kraft. Wenn wir etwas sagen wollten, flüsterten wir uns gegenseitig in das Ohr. Aus Angst, es könnte draußen jemand mithören.

Bald hörten wir es auch knacken. Es war inzwischen fast dunkel. Joachim sah durch eine breite Spalte den Mann mit dem

Milchkrug. Er blieb stehen und sah sich die Isetta an. Er ging noch ein paar Schritte darauf zu und ich konnte ihn durch einen Spalt der aufrecht stehenden Bretter beobachten. Er stand fast vor dem Schuppeneingang und besah sich das Auto von der anderen Seite. Ich hielt Joachims Hand noch fester. Dann lief der Mann weiter. Wir holten tief Luft und waren sehr erleichtert.

Am nächsten Tag sollte es über die tschechische Grenze gehen. Am frühen Morgen schlug Joachim noch das letzte Stück aus der Platte. Dann wurde das hintere Rad wieder abmontiert. Und ich bereitete mich wieder vor, da hineinzukriechen. Das konnte ich auch und saß auf der Achse und mit dem Kopf kam ich auch durch die aufgeschlagene Öffnung. Die Achse war kantig und nicht gut zu sitzen. Ich hoffte nur, das alles bald überstanden zu haben. Mein rechtes Bein musste hinter der Tanköffnung vorbei. Joachim hatte davor mehrere Kabel angebracht. Mein Bein sollte man, beim Öffnen des Tankdeckels, nicht erkennen. Einen Bademantel und eine Decke bekam ich über meinen Kopf gelegt. Seine Tasche hatte er daneben gestellt. Er stieg ein, kam aber nicht weit. Ich rief ihm zu: »Ich rutsche auf der Achse nach hinten ab!« Nun ging die Fahrt wieder zurück und ich befreite mich aus meinem schwierigen Versteck. »Ich werde jetzt zum nächsten Bauernhof fahren, um ein passendes Brett zu holen.« Dabei bückte sich Joachim und sah in die Radöffnung, um abzuschätzen, wie groß es sein soll. »Du kannst dann besser sitzen und rutschst nicht hinten runter. Man kann dann vor allem von draußen deine Klamotten nicht sehen. Ich versuche, schnell wieder hier zu sein, aber einfach wird das nicht. Geh so lange wieder in unser Versteck.« Mir bereitete es ein großes Unbehagen, dass er weg musste. Es schnürte mir die Kehle zu und ich konnte kein Wort sagen. »Bleib stark«, sagte er und fuhr davon.

Die Zeit schien mir endlos. Ich versuchte, die furchtbare Angst in meinem verwirrten Kopf etwas zu beruhigen. Ich sagte mir: »Er kommt gleich, und wir fahren heute noch über die Grenze.« Aber er kam nicht. »Wurde er vielleicht festgenommen und schon verhört? Dann kommt bestimmt bald die Polizei und holt mich.« Meine Panik wurde noch größer. Ich weinte. Dann endlich, nach Stunden, hörte ich ein sehr lautes Knattern. Der Krach kam näher und ich sah durch den Spalt im Holz die Isetta. Ich war wie gelähmt vor Freude. Konnte nicht gleich aufstehen.

Joachim stieg aus und rief: »Es hat etwas länger gedauert. Inge, bist du hier?« Er rief ganz ängstlich. »Ja, ja, ich bin hier«, rief ich leise zurück. Mit schwankenden Schritten kam ich auf ihn zu. Und wir lagen uns voller Freude in den Armen.

»Aber wieso fährt das Auto jetzt so laut?« »Das ist der Auspuff. Ich werde sehen, ob ich ihn noch fest bekomme. Habe auch etwas Essen und Trinken mitgebracht. Wir müssen essen, sonst schaffen wir unser Ziel nicht.« »Wieso warst du so lange weg?«, sah ich ihn fragend an. »Ich habe das passende Brett nicht gleich finden können. War in zwei Bauernhöfen. Es war schon recht schwierig«, meinte Joachim etwas vorwurfsvoll.

Nachdem wir unser Brötchen gegessen hatten, versuchte Joachim, das Brett auf der Achse anzubringen. Das war recht schwierig. Es gelang ihm nach einiger Zeit, das Brett in Höhe der Heckstange aufzulegen und einzuschieben. Es sollte auch nicht nach unten abrutschen. Ich kroch wieder durch die Radöffnung, mit den Füßen zuerst, um es auszuprobieren. Und es war gut so. Joachim atmete erleichtert. Er war sehr zufrieden.

»Nun ist es schon spät geworden und wir werden morgen fahren, dann sind wir besser ausgeruht. Was meinst du, Inge, ist das nicht besser so?« »Du musst fahren und der heutige Tag war nicht einfach für dich. Ich kann zwar hier auch keine Ruhe finden. Aber ja, dann machen wir das so.«

»Du siehst aus, als ob du in einem Bergwerk arbeitest«, lächelte Joachim mir zu. »Und du siehst so sauber aus. Aber das musst du auch, was sollen sonst die Grenzpolizisten morgen denken«, entgegnete ich. »Ich habe mich vorhin in einem Bach gewaschen, deshalb bin ich so sauber«, verteidigte sich Joachim. »Oh, und deshalb bist du auch so spät gekommen.« Er nahm mich in die Arme. »Lass uns nicht streiten, ich denke, du wirst morgen unter der Dusche stehen und die schreckliche, angstvolle Zeit liegt hinter uns.« »Na, hoffentlich«, entgegnete ich.

Als es anfing, dunkel zu werden, krochen wir zu unserem Nachtlager hinter der Bretterwand. Türmten noch Heu neben der Wand auf, damit man nicht sehen konnte, dass dahinter noch etwas sein könnte. Dann setzten wir uns wieder eng zusammen. Beide waren wir so erschöpft und übermüdet, dass wir einschliefen.

Plötzlich schreckten wir auf. Wir hörten Motorgeräusche. Es kam langsam immer näher. Vor Angst wagten wir nicht zu atmen. »Es ist aus«, sagte Joachim leise. Wir küssten uns und hielten unsere Hände ganz fest. Es sollte der Abschied sein. Wir hörten in direkter Nähe Türen schlagen. Dann sahen wir das Licht einer Taschenlampe. Es wurde in das Schuppeninnere geleuchtet. Der Lichtstrahl flitzte rundherum. Es war eine gespenstische Stille. Dann hörten wir wieder Schritte und das Zuschlagen zweier Autotüren. Unsere Freude war groß. Joachim legte seine Hand über meinen Mund. Ich sollte schweigen. Es konnte sein, dass ein Mann zur Kontrolle zurückgeblieben war. Nach ca. zehn Minuten hörten wir wieder das Auto, es kam zurück. Diesmal hörten wir nur eine Tür zuschlagen, und das Auto fuhr weiter. Joachims Vermutung war wohl richtig. Es musste ein Mann zurückgeblieben sein.

»Ich werde gesucht, kein Zweifel. Die Reiseleiterin muss mein Fehlen melden«, murmelte ich ängstlich. Der Schreck und die große Angst hatten uns in dieser Nacht nicht mehr schlafen lassen.

Als es anfing, langsam hell zu werden, flüsterte Joachim: »Es wird Zeit, hier wegzukommen. Wir fahren in der Mittagszeit. Ich habe auch um einen Tag mein Visum überzogen.« »Warum wollen wir so spät über die Grenze?«, fragte ich genervt. »Weil ich denke, morgens wird genauer kontrolliert als mittags. Ich versuche gleich, den Auspuff wieder anzubringen. Dann hole ich noch Brötchen und eine Flasche Wasser. Wir müssen unbedingt trinken und auch unsere Hände etwas säubern.«

Als Joachim mit der Arbeit fertig war, tröstete er mich. »Ich bin jetzt schneller wieder zurück, versprochen.« So ging ich wieder in unser Versteck. »Ich zähle, mal sehen, wie weit ich komme.« »Bitte sei stark, wir haben es bald geschafft«, sprach er mir Mut zu.

Dieses Mal wartete ich wirklich nicht so lange. Ich hörte ihn kommen und war glücklich. Er fuhr wieder unter den Busch und kam herein. Und ich kroch wieder aus unserem Versteck. Joachim erzählte mir, dass er in dem kleinen Laden, wo er die Brötchen kaufte, den Grenzpolizisten getroffen hatte, der ihn bei seiner Einreise kontrolliert hatte. »Ich habe ihm erzählt, dass ich einen Tag das Visum überzogen habe, weil mein Auto defekt war. Er hat mir eine Bescheinigung ausgestellt, die soll ich heute bei der Rückfahrt vorzeigen. Ich bin darüber sehr froh«, lachte Joachim und umarmte mich. »Ich bin es auch. Bestimmt hätten wir deshalb an der Grenze einen längeren Aufenthalt gehabt.« Jetzt hörten wir einen Hubschrauber. Er flog mit lautem Knattern direkt über den Schuppen hinweg. Unsere Freude hatte sich schnell wieder in panische Angst verwandelt. »Wir hätten jetzt beim Einsteigen sein können«, überlegte Joachim. Die Brötchen holte er aus der Tüte und eines gab er mir. Er tat so, als ob das eben überhaupt nicht gefährlich war. »Weißt du, Inge, hier ist die Grenze nicht mehr weit. Die müssen die Kontrollflüge machen.«

Ich nickte nur und tat so, als ob mir das Brötchen schmeckt. Es gelang mir aber nicht. Es blieb mir im Hals stecken. Ich musste husten. So hatte ich nur etwas getrunken und gab ihm mein angebissenes Brötchen.

Als Joachim mit Essen fertig war, hatte er das Rad wieder abgebaut und ich kroch hindurch. Als ich mit dem Kopf auf der Plattform lag, wurden wieder die Decke und der Bademantel übergelegt. Die Tasche wurde wieder daneben gestellt. Er stieg ein und fuhr los. Mein linkes Bein musste am Auspuff vorbei. Es wurde immer heißer. Vor Schmerzen hielt ich es nicht mehr aus und schrie: »Mein Bein verbrennt, halt an.« Ich nahm den Fuß zurück und stellte ihn auf den Boden. Joachim nahm die Landkarte und tat so, als ob er darin liest. »Vor uns kommen Leute, nimm den Fuß hoch, den kann man doch sehen. Du musst das jetzt aushalten.« Ich setzte den Fuß so hoch, wie es einigermaßen möglich war. Er fuhr wieder an. Ich hörte noch die Stimmen der Leute, die vorbeiliefen.

Nachdem Joachim eine Strecke gefahren war, wollte er mit mir reden. Ich antwortete aber nicht. Er hielt an, nahm die Decke und den Bademantel von meinem Kopf und er sah, ich war bewusstlos. Der Benzinschlauch musste sich gelockert haben und ich hatte zu viele Dämpfe eingeatmet. Er nahm meinen Kopf hoch und gab mir, rechts und links, eine Ohrfeige. Daraufhin wurde ich wieder wach. Joachim war sehr aufgeregt und sagte, was mit mir los war. »Die Grenze ist hier in der Nähe. Wir haben es bald geschafft.« Nachdem er wieder alles über meinem Kopf abgedeckt hatte, sah er, dass der Benzinschlauch an dem kleinen Tank leckte. Er versuchte noch, ihn etwas mehr zu befestigen, konnte sich aber nicht mehr so lange damit aufhalten. Er nahm wieder seine Landkarte vor das Gesicht und rief mich an. Ich hörte ihn und antwortete. Die Angst, die Benzindämpfe könnten mir wieder schaden, war groß. Er fuhr wieder weiter.

Nach einer kurzen Zeit hielt Joachim wieder. Ich hörte Männer tschechisch reden. Nun auch: »Aussteigen.« Joachim nahm die Krücken, die seitlich am Sitz lagen, langsam, mit schwerfälligen Bewegungen, ging er aus dem Auto. Ich hörte und nahm alles wahr, Angstgefühle hatte ich keine. In mir war alles ausgelöscht. Die Isetta senkte sich etwas, als der Grenzpolizist einstieg. Er klatschte auf das Abdeckblech und nahm meinen Kopf. Mit den Sachen, die über mir lagen, schob er meinen Kopf auf die rechte Seite. Ich ging ohne Widerstand mit. Er pochte auf die Stelle neben meinem Kopf. Er fasste wieder zu und schob meinen Kopf auf die linke Seite. Ich wurde zu einem willenlosen Werkzeug. Immer klatschte er auf das Blech. Beim Hinausgehen sah er noch drei volle Bierflaschen, die Joachim in Karlsbad gekauft hatte. Der Polizist erklärte Joachim, dass er das Bier nicht mitnehmen dürfe.

Ein anderer Polizist bot sich an, die Flaschen am Kiosk gegen Geld einzutauschen. Joachim bedankte sich und er war gleichzeitig froh. Es war ein Beobachter weniger. Jetzt waren nur noch zwei Männer zur Kontrolle da. Der eine gab Joachim die Anweisung, den Tankdeckel zu öffnen. Die Sicht war vorne durch Kabel etwas versperrt. Joachim hatte das ja absichtlich so gelegt, denn dahinter war mein Bein. Meine Hose war schwarz vor Schmutz, wie die Kabel. So hatte man keinen Unterschied sehen können. Die Tanköffnung war auch sehr klein. Beim Schließen des Tankdeckels konnte er trotzdem nicht glauben, dass der Mann nichts gesehen hatte. Er dachte, jeden Augenblick sagt man ihm, dass er eine Person versteckt hält. Aber es wurde nichts gesagt. Der andere Mann, der vom Kiosk wiederkam, gab Joachim das Geld. »Behalten Sie das bitte«, meinte Joachim erleichtert, »ich habe noch etwas Kleingeld, das möchte ich Ihnen auch geben.«

»Nein, das dürfen wir nicht annehmen. Wir haben eine Spendendose, da können Sie das einwerfen.« Joachim wartete, bis er das Geld in die Dose geben konnte. Dann wünschte er allen noch einen schönen Tag. Er stützte sich wieder sehr schwer auf seine Krücken und beim Einsteigen fiel er schwer auf den Sitz. Die Krücken legte er an der Seite ab. Ein Polizist klappte die vordere Front, die ja auch gleichzeitig die Tür war, zu. Dankend winkte Joachim noch und fuhr davon. Er konnte noch ein Stück im Grenzgebiet fahren, dann blieb das Auto stehen. Er griff zum kleinen Tank und merkte, dass dieser leer war. In dem Moment kamen zwei Grenzpolizisten. Er rief sie an und bat um Hilfe. »Bitte abschleppen, Auto kaputt.« »Ja, wir kommen«, rief der eine Mann zurück und hob die Hand. Joachim war total durcheinander, verzweifelt. Da der Tank ein Motorradtank war, war er an der unteren Seite rund. Er schüttelte die letzten Tropfen, die in der Rundung waren, zum Schlauch. Die Isetta sprang an und wir erreichten die letzte Erhöhung. Dann hatten wir großes Glück und konnten den Berg ohne Motor nach unten zur Grenze fahren.

Wir schafften es, das tschechische Gebiet bei Cheb zu verlassen. Wir konnten noch am Grenzzaun vorbeifahren und kamen in Bayern an. Und die Isetta blieb wieder stehen – wir waren aber endlich in Sicherheit. Wir hätten allen Grund zur Freude gehabt, aber die nervliche Qual, die wir erlitten hatten, war zu groß.

Zwei Grenzbeamte kamen dazu. Joachim stieg total verwirrt aus. »Meine Freundin ist da drinnen versteckt.«

»Wo? In dem kleinen Auto kann sich doch keiner verstecken«, lachten die Männer. »Das Rad muss ab«, sagte Joachim mit letzter Kraft und er bat um einen Stuhl. Jetzt erkannten die Männer den Ernst der Lage. Der eine Beamte gab die Anweisung, die Isetta auf den Innenhof zu schieben.

»Man beobachtet uns doch von oben«, sagte er. Joachim wurde in den Hof geführt. Dort stand auch eine Bank und er konnte sich setzen. Bevor die Isetta in den Hof geschoben wurde, hatte man die Decke und den Bademantel von meinem Kopf genommen. Sagen konnte ich nichts. Mein Kopf war so schwer wie Blei und er blieb auf der Plattform liegen. Im Innenhof angekommen, kam noch ein Mann dazu und wollte das rechte Rad abnehmen. Joachim rief: »Nein, bitte das linke Rad. Sie ist immer von der Seite raus und rein gekommen.« Der eine Grenzbeamte lächelte etwas und meinte: »Ist doch eigentlich egal. Nur wie sie da raus und rein gekommen ist, ist unvorstellbar.«

Das Rad war ab und ich wurde aufgefordert zu kommen. Ich nahm alle meine Sinne zusammen und hob meinen Kopf. Sah rundherum die Männer stehen. Dann versuchte ich mit ganzer Kraft meinen Kopf durch das Loch zu bekommen. Das ging erst einmal nicht. Es fühlte sich so an, als ob mein Körper steif geworden ist. Ein Mann kam in die Isetta und sprach mich an. »Sie müssen da wieder raus. Wir können Ihnen nicht helfen.« »Ja, ich brauche Zeit, mein Körper, ich kann nicht mehr.« Dann kam Joachim dazu. »Inge, bitte, wir sind doch in Sicherheit – in Freiheit.«

Ich bewegte langsam meine Arme und Beine, bis ich wieder Leben in mir spürte. Ich rutschte auf dem Brett etwas seitlich und mit viel Mühe bekam ich meinen Kopf durch die Öffnung und ließ mich fallen. Ich strampelte und rutschte, bis ich mit dem Kopf auf dem Boden lag. Meine Kraft hatte mich wieder verlassen. Zwei Männer packten mich an den Schultern und zogen mich raus. Und ich lag auf dem Boden, nicht fähig aufzustehen. Ich glaube, ich war kurz eingeschlafen. Ich hörte, wie mich Joachim anrief: »Inge, steh bitte auf.« Wie aus einem Traum aufgewacht, stand ich auf. Sah mich um und sagte zu den Männern: »Danke.« Sie nickten freundlich und klatschten. Ein Grenzbeamter kam zu mir und bot mir seine Hilfe an. »Gehen Sie bitte in das Haus da drüben, Sie dürfen dort duschen. Meine Frau weiß Bescheid.«

Joachim gab mir meinen Beutel mit der Wäsche und dem Kleid. Und ich ging. Die Frau wartete schon an der Haustür. Sie gab mir sehr freundlich die Hand, obwohl ich so schmutzig war. Sie forderte mich auf mitzukommen. »Sie müssen doch auch durstig sein. In der Mittagshitze so eine gewagte Fahrt. Trinken Sie das Glas Wasser, das kurbelt die Lebensgeister an.« Ich bedankte mich und trank hastig. Es tat auch so gut, wie die Frau mit mir sprach. Sie holte noch ein Handtuch und Seife und führte mich in die Dusche. »Haarwaschmittel steht da schon. Nun wünsche ich Ihnen viel Freude. Es wird Ihnen guttun.«

Unter der Dusche zu stehen, das warme Wasser zu spüren – das Gefühl war unbeschreiblich schön. Die Sinne wurden angeregt und ich konnte wieder etwas klarer denken. Nach dem Duschen zog ich mit viel Freude die frische Wäsche und das Kleid an und die Schmutzwäsche kam in den Beutel. Ich ging aus der Tür und sah mich nach der Frau um. Sie kam auch gleich und ich bedankte mich für ihre große Hilfe. Sie lachte und streichelte mir die Wange. »Ist doch selbstverständlich. Nun ist das Aschenbrödel verschwunden. Kommen Sie mit in die Küche, Sie müssen doch etwas essen, dass Sie wieder zu Kräften kommen. Lassen Sie sich das Wurstbrot gut schmecken und die Tasse

Kaffee. Trinken Sie mit Milch?« »Ja, ich denke schon. Aber das war doch nicht nötig«, sagte ich etwas verlegen. Ich hatte doch noch nie Bohnenkaffee getrunken. Den gab es in der Regel in der DDR nicht. Als ich mich setzte, sah ich mir die wunderschöne Küche an. Es war alles so anders. Mit viel Appetit aß ich die Scheibe Brot. Den Kaffee trank ich genießerisch schlückchenweise. Als ich fertig war, stand ich auf und bedankte mich bei der Frau abermals. »Ich werde wohl ewig an Ihre große Hilfe und Güte denken.«

»Schon gut«, winkte sie ab. »Und ich wünsche Ihnen, dass Sie sich in unserem Teil Deutschlands schnell eingewöhnen. Ich wünsche Ihnen und Ihrem Partner alles Gute.« Sie umarmte mich und ich war überwältigt vom Glück. Die aufsteigenden Tränen wurden schnell getrocknet.

Ich ging wieder zurück in den Innenhof. Die Isetta stand noch am alten Platz und Joachim saß auf der Bank. Sein Kopf war tief auf seine Brust gesunken, er schlief. Ich setzte mich daneben. Die Grenzbeamten waren nicht mehr zu sehen. So konnte ich über die Flucht nachdenken. Über die vielen Monate, die wir zur Vorbereitung brauchten. Die schlaflosen, angstvollen Nächte. »Aber dass wir heute erschöpft auf einer Bank in Bayern sitzen, ist dennoch großes Glück.« Dankbar sah ich Joachim an und faltete meine Hände. Ein Mann kam über den Hof und sprach mich an. »Die Isetta soll hierbleiben, sagte Ihr Partner. Wir finden das gut, die Kinder können auf dem Hof noch damit üben.« Jetzt wurde Joachim wieder wach: »Den Schlüssel habe ich schon abgegeben.« Der Mann nickte ihm zu: »Ja, ich habe ihn ja schon!«

Vergnügt ging er weiter. Joachim sah mich an und drückte mir die Hand. »Du siehst ja wieder richtig gut aus. Lass uns hier weggehen. Man hat mir eine Pension in der Nähe genannt. Da wollen wir heute übernachten.«

»Ja, aber bloß nicht wieder in einem Schuppen«, lachte ich und stand auf. Wir liefen weg vom Hof. Wollten am Grenzgebäude vorbei. Da winkte ein Beamter und kam zu uns. Es war der freundliche Mann, bei dessen Frau ich duschen durfte. Er gab uns die Hand und wünschte eine gute Zukunft. Joachim bedankte sich. Und ich bedankte mich besonders herzlich, weil er und seine Frau so nett zu mir gewesen waren. »Ich muss nun nicht wie ein Stadtstreicher weiterziehen.« Er lachte. »Man erkennt Sie ja fast nicht wieder«, nickte er freundlich dazu.

Er sah zu Joachim. »Mit der Isetta werden wir noch viel Freude haben. Danke Ihnen im Namen aller.«

Wir gingen weiter, drehten uns doch noch einmal um. Der Mann stand noch da und wir winkten uns zu. Wir gingen in Richtung Pension. Unterwegs kamen wir an einem Schreibwarenladen vorbei. »Joachim, lass uns doch da mal reingehen. Ich brauche eine Karte und Briefmarke. Mutti will ich schreiben, dass wir jetzt in Bayern sind und morgen nach Hamburg fahren. Und dass ich nicht wieder zurückkomme. Die werden alle staunen und aufgeregt sein.« »Das waren wir auch lange genug«, sagte Joachim lakonisch. In dem Laden war eine Möglichkeit, die Karte zu schreiben. Ein Briefkasten war auch gleich an der Hausecke.

Wir liefen noch ein kleines Stück und sahen auch schon die *Pension Huber*. Joachim klingelte und es wurde auch gleich geöffnet. »Guten Tag, Frau Huber, hätten Sie vielleicht ein Zimmer für eine Nacht?« Voller Hoffnung sahen wir Frau Huber an. »Ja, ich habe nur noch ein Zimmer mit Doppelbett. Sind Sie denn verheiratet?«

»Wir sind verlobt. Haben zwei Tage nicht geschlafen und sind heute unter schwierigen Umständen über die tschechische Grenze geflüchtet. Bitte geben Sie uns das Zimmer«, er flehte die Frau an. Aber sie blieb hart.

»Nein, das darf ich nicht, es tut mir leid.« Mutig nahm ich Frau Hubers Hand. »Bitte vertrauen Sie uns. Wir machen Ihnen bestimmt keine Unannehmlichkeiten. Sind morgen in der Früh wieder weg.« Ich konnte meine Tränen nicht zurückhalten.

»Na gut, ich will Ihnen das Zimmer geben. Wenn mir auch nicht wohl dabei ist. Ihren Schlaf haben Sie nötig, das sieht man.« Joachim bekam die Schlüssel. Wir waren sehr froh, endlich wieder in einem Bett schlafen zu dürfen.

Die Zimmertür war schnell gefunden. Joachim schloss auf. Ich war begeistert, in so einem schönen Zimmer zu sein. »Die Einrichtung ist ja so schön, Joachim. Findest du das nicht auch?« Er sah mich an. »Das Zimmer ist doch ganz normal, so sind sie doch alle.« Ich entschuldigte meine Begeisterung und sagte: »Muss mich wohl erst an alles gewöhnen.« Schnell gab ich ihm einen Kuss. Joachim lachte und sagte: »Wenn das die Wirtin sehen würde, dann müsstest du in der Abstellkammer schlafen.«

»Oh weh, dann will ich schnell mein Kleid ablegen und mich in das Bett legen, habe ja schon geduscht.« Die Bettwäsche duftete und das Bett war so schön weich. Ich wollte aber lieber meine Begeisterung still genießen. Joachim stand unschlüssig im Raum.

»Du hast bestimmt Hunger. Frag doch die Wirtin, wo du etwas zu essen bekommen kannst.« Ich gähnte herzhaft. »Bin so müde und schlafe auch gleich.«

Von der Wirtin bekam Joachim zwei leckere Wurstbrote. »Was möchten Sie denn trinken?« »Ein kühles Zitronenwasser, bitte.« »Aber gerne«, sagte sie. »Bier hätte ich Ihnen auch nicht gegeben.« Joachim konnte ein kleines Lächeln nicht verbergen und Frau Huber auch nicht. Er aß und trank mit großem Appetit.

»Ihre Verlobte hat doch bestimmt auch Hunger?« »Nein, sie konnte bei der Frau eines netten Grenzpolizisten duschen und sie bekam auch etwas zu essen.« Frau Huber setzte sich, nachdem Joachim fertig gegessen hatte, zu ihm. »Sie sind müde, möchte Sie nicht lange mit Fragen quälen. Aber – wie haben Sie das geschafft?« Joachim erzählte ihr kurz, wie wir in den letzten drei Tagen gelebt hatten. Frau Huber schüttelte den Kopf. »Ja mai, da hams aber a Glück gehabt.«

Joachim bedankte sich für das gute Essen. Gab der Wirtin die Hand und sagte: »Und jetzt entschuldigen Sie mich bitte. Wir wollen morgen weiter nach Hamburg. Nur eine Bitte habe ich noch. Dürfte ich Ihr Telefon benutzen? Meinen Schwager verständigen, dass wir es geschafft haben. Er wohnt in Wiesbaden.«
Frau Huber zeigte ihm das Telefon und ging weg. Joachim wählte die Nummer, die er von mir bekommen hatte. Roland war am Apparat. Als er das hörte, schrie er vor Freude. Dann wollte er den Ort und die Pension wissen. »Roland, du hörst wieder von uns, wenn wir in Hamburg sind. Ich bin jetzt müde. Haben zwei Tage nicht geschlafen. Mach es gut.« Er legte den Hörer zurück in die Gabel.

Es war dunkel, mitten in der Nacht. Noch im Schlaf hörte ich das Klopfen. Dann wurden die Schläge an der Tür lauter. Noch im Halbschlaf dachte ich, ich wäre noch in meinem alten Versteck. Ich dachte, jetzt wollen sie uns verhaften. Joachim rüttelte mich. »Inge, wach auf, da klopft jemand.« Nun wurde ich wach und saß total verschreckt aufrecht im Bett. Ich hörte Stimmen und erkannte die von Roland und der Wirtin. Freudig sprang ich aus dem Bett und öffnete die Tür.
»Roland, du bist gekommen.« Und wir lagen uns in den Armen. »Ich wollte doch gleich losfahren, muss doch morgen wie-

der arbeiten«, begründete er den nächtlichen Überfall. »Ist schon gut, wir danken dir. Du verrücktes Brüderlein. Mit der Isetta, mit der wir geflüchtet sind, können wir auch nicht zurück. Die steht im Polizeihof.«

Joachim hatte sich schon angezogen und ich streifte schnell mein Kleid über und packte wieder alles zusammen. Roland hatte noch schnell den finanziellen Teil mit der Wirtin erledigt. Dann liefen wir zum Auto und fuhren nach Wiesbaden.

Unser Leben in Hamburg

Roland war gut gelaunt und erzählte uns ständig neue Witze. Er wollte uns zum Lachen bringen. Es fiel uns aber schwer, uns über seine Witze zu amüsieren. Joachim sah ihn an. »Weißt du, Roland, wir sind noch nicht in der Stimmung mitzulachen. Also lass es doch lieber.« »Das verstehe ich«, meinte Roland. »Ich singe lieber, sonst schlafe ich ein. Wir wollen doch nicht im Graben oder an der Leitplanke landen. Ich habe den ganzen Tag gearbeitet und dann die doppelte Tour. Wir haben dann alle ein Problem. Aber wir bekommen das schon hin.« »Armer Roland, es tut uns bestimmt sehr leid.« Ich saß hinter ihm und streichelte seine Wange. »Wir sind dir auch sehr dankbar, dass du uns holst.« »Genug der Jammerei. Ich bin froh, dass ihr es geschafft habt. Alles andere ist Nebensache.« Roland hob seinen Arm und machte eine Faust. »Die ›Vopos‹ haben euch nicht in eine Zelle besonderer Art gebracht.«

Ein Auto fuhr neben uns und hupte. Der Mann winkte Roland zu. »Was wird der denn wollen«, meinte Roland. Dann sah er sein Kennzeichen. »Ach ja, der freut sich, weil wir beide aus Wiesbaden sind.« Wir fuhren auf die linke Spur. Der andere fuhr auf die rechte. Roland überholte ihn und winkte auch. Und so wurde das Spiel noch ein paarmal fortgesetzt. Roland freute sich. »Jetzt werde ich wenigstens nicht einschlafen.« Aber irgendwann hörte das Spiel auf. Roland schaltete das Radio an. Die Musik war nicht nach seinem Geschmack. So erzählte ich ihm von zu Hause. Er hörte das sehr gern, weil er auch ewig Heimweh hatte. »Nun sind wir bald in Wiesbaden, nur noch 90 km«, jubelte Roland. »Dann müsst ihr meine gute Wurst essen. Hoffentlich hat Rita Brötchen geholt.« »Deine Frau hat doch bestimmt im Laden zu tun, wenn du nicht da bist«, entgegnete ich. »Für ein paar Minuten kann sie das Schild an die Ladentür hängen, dass sie gleich wiederkommt.« Erst jetzt fiel mir auf, dass Joachim schlief. Roland bremste plötzlich, weil er in eine Seitenstraße abbiegen musste. Joachim schreckte auf. »Oh, das ging ja schnell.« Roland lachte. »Wenn man schläft, sowieso. Wir sind angekommen.«

Roland fuhr auf den Hof und ließ uns aussteigen. Seine Tochter, die kleine dreijährige Sabine, rannte zu ihrem Papa. Der nahm sie auf dem Arm und küsste sie. »Ich habe die Tante Inge und Onkel Joachim mitgebracht. Denen sagst du erst einmal guten Tag.« Sabinchen war etwas schüchtern und sie sah weg, über Papas Schulter. »Sie muss uns doch erst einmal kennenlernen, nun lass sie doch in Ruhe«, sagte ich mitfühlend. Roland sah seine Frau aus dem Haus kommen und er rief: »Jetzt kommt meine Gewitterwolke.« Ich drehte mich um und bemerkte Rita. Schnell ging ihr Roland ein paar Schritte entgegen und nahm sie in den Arm. Dann kam Rita zu uns und die große Begrüßung begann. Sie war sehr herzlich. »Toll, dass ihr die Flucht geschafft habt«, freute sich Rita. Roland legte die Hand auf meine Schulter. »Nun muss ich schnell an die Arbeit. Den Laden auch wieder öffnen. Das gemischte Fleisch für die Bratwürste wird auch noch in den Darm gezwungen. Rita hilft mir dabei. Und ihr werdet mit unserer Sabine den Tag verbringen. Lasst euch auch das Essen gut schmecken. Liegestühle sind im Garten.« Und schon lief er pfeifend davon.

Rita führte uns in die Küche. Sie hatte für uns den Tisch gedeckt. Sie wünschte einen guten Appetit und ging dann schnell zu Roland, um ihm zu helfen. Wir ließen uns die Thüringer Wurst schmecken. Roland hatte in seinem Verkaufsladen zwei Sorten Wurst, die Thüringer und auch die Hessische. Er wollte mir eine Freude machen, deshalb war aus der Heimat alles auf dem Tisch. Joachim aß auch alles mit großem Appetit und wir genossen den guten Bohnenkaffee dazu. Sabinchen sah uns mit großen Augen an. Ich hatte ihr ein Stück von meinem Brötchen abgeschnitten und gab es ihr. Sie nahm es auch an und freute sich. Sie scheute uns nun nicht mehr. Ich setzte sie auf einen Stuhl. Joachim gab ihr ein Glas von der Milch, die auch auf dem Tisch stand. Ich hatte ein halbes Brötchen klein geschnitten und schob den Teller an Sabines Platz. Alles aß sie mit gutem Appetit und sah uns dabei immer freundlich an.

Als wir fertig waren, half ich noch schnell mit dem Abwasch und stellte Wurst und Butter in den Kühlschrank. Joachim meinte: »Wir können ja in den Garten gehen zu den Liegestühlen.« »Damit du dich gemütlich hineinlegst und uns etwas vorschnarchst«, erwiderte ich lachend. »Du kannst das doch auch«, meinte er etwas beleidigt. »Nein, ich werde mit Sabine Blumen für einen Strauß pflücken. Eine schöne Blumenwiese habe ich hier doch schon gesehen.« Ich sah dabei Sabine an. »Den wollen wir dann Mama schenken.« Sabines Augen strahlten. »Ja, Tante Ine, für Mama.« So verging der Nachmittag sehr schnell.

Wir blieben noch zwei Tage und machten kleine Ausflüge und nahmen Sabine mit. Wir liebten sie und Sabine schenkte uns ihre Zuneigung. Sie wich uns nicht mehr von der Seite und es tat weh, an die Abreise zu denken. Der Abschied kam. Roland fuhr uns zum Bahnhof. Wir bekamen noch ein abgepacktes Wurstpaket mit. »Damit ihr in Hamburg nicht verhungert«, meinte Roland lachend.

Er wünschte mir noch eine gute Eingewöhnungszeit. Zum Abschied nahm Roland seine Sabine auf den Arm. Sie weinte und schlang ihre Ärmchen um meinen Hals. Ich freute mich darüber und gleichzeitig schmerzte der Abschied. Wir versprachen, bald wiederzukommen. Aber an das Versprechen konnten wir selbst nicht glauben.

Der Zug kam. Wir stiegen schnell ein und winkten noch einmal aus dem Fenster. Dann fuhr die Bahn davon und nach fünf Stunden waren wir in Hamburg angekommen. Joachim sah mich ganz lieb an und sagte: »Willkommen in Hamburg.« Ich umarmte ihn und sagte: »Danke.«

»Der Bahnhof ist ja so groß«, staunte ich. »Jetzt gehen wir zur Rolltreppe, da fahren wir hoch. Dann laufen wir ganz rüber zur anderen Seite. Von da fahren wir mit der S-Bahn nach Hause«, erklärte er.

Wir liefen also zur Rolltreppe. Ich blieb davor stehen. Hatte doch noch nie eine Rolltreppe kennengelernt. Hinter mir drängelten die Leute. Nun musste ich den Schritt auf eine Stufe wagen. Schwankend erreichte ich sie und hielt mich noch schnell am Handlauf fest. Jetzt war ich mit meinem Mut zufrieden und fand die Beförderung toll. Ich blickte nach oben. Da stand Joachim. Es war ihm wohl peinlich, in meiner Nähe zu bleiben. Wir liefen zum Bahnsteig gegenüber und fuhren mit der S-Bahn nach Hamm bis zur Station Hasselbrook. Joachim erklärte, dass das ein Stadtteil von Hamburg sei. Hier stiegen wir aus, wir waren angekommen.

Als wir den Bahnhof verließen, sah ich mir meine neue Heimat rundherum an. Es waren hauptsächlich große dunkelrote Backsteinhäuser zu sehen. Straßen, auf denen viele Autos fuhren, und Läden. An Überwegen waren Ampeln, die für mich auch neu waren. Wir liefen ein Stück. Joachim blieb an einer Telefonzelle stehen. »Ich werde jetzt bei einer Werbeagentur anrufen. Bis Ende Juli könntest du da arbeiten. Du musst da irgendwelches Werbematerial bei Leuten abgeben. Werde fragen, ob die dich nehmen. Ich bin ja noch in der Ausbildungszeit und verdiene nichts. Wir brauchen Geld, um weiterzuleben. Präge dir den Weg, den wir jetzt gehen, gut ein. Morgen wirst du zurück zum Bahnhof laufen. Da ist eine Sammelstelle der Leute, die da mitfahren. Von da wirst du mit dem Auto zu einem Stadtteil gefahren, wo das Werbematerial verteilt wird.« Und schon war er in der Telefonzelle und drehte eine Nummer. Ich war fürs Erste perplex, kam mir überrumpelt vor. Joachim kam freudig heraus. »Die nehmen dich. Musst 8:00 Uhr da sein. Ich werde dich abends abholen und wir essen am Bahnhof eine Bockwurst. Du bekommst täglich das Geld ausgezahlt.« Ich sagte nichts und wir liefen nach Hause.

Zu Hause angekommen, schloss Joachim eine Parterrewohnung auf. »Wir wohnen in dem Zimmer, den Flur entlang, geradeaus. Wenn man entlanggeht, muss man auf den Boden schauen, ob der sauber ist. Hier wohnt eine geistig verwirrte alte Frau, die auf den Boden spuckt. Einmal in der Woche wird der Boden im Flur und in der Küche gesäubert«, meinte Joachim leichthin, als ob diese Wohnung in einem ganz normalen Zustand war. Ich sah ihn an. Der Ekel schnürte mir die Kehle zu.

Wir gingen an der Seite den Flur entlang. Joachim schloss die Tür auf und wir traten ein. Das Zimmer war nicht groß, aber die Möbel, die er brauchte, hatten ihren Platz gefunden. Ein alter Spind und dazu ein schmales Feldbett. »Das sind ausrangierte Sachen von der Bundeswehr«, erklärte Joachim. Mein Blick ging zu einem alten, aber gut erhaltenen Buffet. »Das bekam ich von meiner Mutter. Das passt so gut in mein Stübchen.« Am Ende der Wand war ein neuer Schreibtisch. »Den habe ich gekauft, mein ganzer Stolz, den brauche ich ja auch für meine Ausbildung.«

An der Seitenwand war ein Fenster mit einer Tür, hinter der ein Balkon zu sehen war.

Ich sah Joachim lachend an. »Du hast eine klasse Junggesellenbude. Aber wo soll ich denn schlafen? In so einem schmalen Bett passt nur einer rein.« Ich sah mich weiter um. Da stand in der gegenüberliegenden Ecke ein kleiner Kachelofen. Davor, auf dem Blech, ein Kocher mit einer Platte. »Wie man da wohl kochen kann?«, überlegte ich. Mein Magen knurrte. »Ich habe Hunger, du auch? Kannst du mir etwas Geld geben, gegenüber ist ja ein Lebensmittelladen. Da kann ich schnell Brot, Butter und etwas zu trinken einkaufen. Wurst haben wir ja vom Roland bekommen.« Joachim sagte etwas unsicher: »Ich habe nur noch 15 D-Mark. Von dieser Werbefirma bekommst du ja täglich das Geld ausgezahlt. Dann haben wir ja erst einmal etwas.« Ich sah ihn an und streichelte seine Wange, nahm das Geld und den Schlüssel und ging.

Ich lief über die Straße, um in dem Lebensmittelladen einzukaufen, entschied mich aber, noch ein Stück weiterzulaufen. Ich kam an ein Obstgeschäft und sah die vielen Früchte. Vor dem Fenster eine ganze Kiste mit Apfelsinen. Mir lief das Wasser im Mund zusammen. »So gern hätte ich nur eine davon. Man würde es vielleicht nicht bemerken, wenn eine fehlt.« Um den Gedanken zu vergessen, ging ich schnell zurück, um eine Kleinigkeit einzukaufen. Es waren nur drei Leute im Laden und ich wurde schnell nach meinen Wünschen gefragt.

Die eine Frau sah mich aufgrund meines Dialekts groß an und fragte, woher ich wohl käme. »Aus Thüringen«, sage ich stolz. »Was, aus Thüringen?« fragte eine andere Frau ungläubig und schüttelte mit dem Kopf. Jetzt sahen mich alle Frauen neugierig an. Mir war das sehr unangenehm und ich war froh, als ich den Laden wieder verlassen konnte.

Als ich wieder in unsere Wohnung kam, war die Tür zur Küche offen. Eine alte Frau saß am Küchentisch und stützte sich auf ihren Stock. Ich grüßte, aber sie antwortete nicht. Sie schlug nur mit ihrem Stock immer wieder auf den Boden. Ich blieb stehen und sah mir die Einrichtung an. Auf der linken Seite war ein alter Ofen, daneben der Wasserhahn, darunter ein gusseisernes rundes Becken. An der vorderen Wand ein Fenster. Auf der rechten Seite ein Esstisch mit zwei Stühlen.

Mein Gedanke war, dass es im Winter sehr kalt sein musste. »Den alten Ofen kann man bestimmt nicht mehr benutzen«, dachte ich. Wieder in Joachims Zimmer angekommen, fragte ich, warum in der Küche kein Herd stehe. »Das ist zu gefährlich. Die Frau weiß ja nicht mehr, was sie tut. Früher stand da ein Gasherd. Den hat ihr Sohn geholt. Er bringt ihr nun immer das Essen.« Mit gesenktem Kopf hörte ich zu. »Und du hast einen Kocher mit einer Platte. Wie soll ich da kochen?« Joachim nahm mich in die Arme. »Wir gehen in die Fischbratküche oder essen ein Würstchen am Bahnhof. Die paar Tage im Juli schaffen wir doch.«

»Am Wochenende schauen wir in die Zeitung. Da gibt es viele Stellenanzeigen. Du findest ganz bestimmt etwas. Du rufst dann bei den Firmen an. Dann fährst du hin zum Vorsprechen.« »Ich verdiene einen ganzen Monat nichts«, entgegnete ich. »Am Monatsende bekomme ich Geld für mein Praktikum. Das wird uns über den Monat helfen. Und nun mach nicht so ein Gesicht, Inge.« Wir sahen uns beide an und lachten.

»Jetzt decke ich den Tisch und wir essen die gute Wurst von Roland.« »Oh, das ist gut, ich habe Hunger und du bestimmt auch.« Joachim fasste sich dabei genussvoll an den Bauch. Wir aßen mit gutem Appetit und fühlten uns danach schon sehr viel wohler. Wir freuten uns und prosteten uns mit einem Glas Wasser zu. »Du wirst sehen, es wird bald alles besser«, grinste mich Joachim an.

Nachdem ich den Tisch wieder abgedeckt hatte, sah ich zu Joachim. »Kommst du mit? Ich würde jetzt gerne noch etwas laufen.« »Ich muss noch über mein Praktikum schreiben«, meinte er etwas verlegen. »Macht nichts, dann gehe ich allein. Du kennst ja sowieso deine Gegend.« Ich nahm den Schlüssel und ging. Draußen angekommen, überlegte ich. Ich hatte Lust, den Weg zum Bahnhof zu gehen. Ich lief also die gleiche Strecke, die ich vorher mit Joachim gelaufen war, und wunderte mich, wie schnell ich dort war. Rund um den Bahnhof sah ich mir alles an und überlegte, wo wohl der Kleinbus morgen früh stehen würde, der mich zur Arbeit abholen sollte.

Ich ging wieder zurück, sah mir im Vorbeigehen die Auslagen in den Geschäften an und war schnell wieder zu Hause. »Rate mal, wo ich eben war«, fragte ich Joachim. »Ich muss nicht raten. Du warst wieder am Bahnhof.« »Ja, und ich war ganz schnell am Ziel. Morgen früh kann nichts schiefgehen. Jetzt möchte ich gerne schlafen. Bin so müde. Hast du einen Wecker? Ich will nicht verschlafen.« Joachim gab ihn mir und ich stellte ihn ein. Ich bekam auch ein Handtuch, Zahnbürste und Zahnpasta. »Danke, lieber Joachim, das ist ja ein Service«, lachte ich und ging in die Küche, um mich etwas zu waschen. Mit Hilfe von einer Gastherme hatte ich auch ein wenig warmes Wasser. Als ich wieder in das Zimmer kam, lag Joachim schon im Bett. »Machst du für mich etwas Platz?« Joachim sah mich mit großen Augen an. »Du musst dich schräg legen und dich bei mir festhalten.« »So kann ich aber nicht die ganze Nacht liegen.« Ich probierte es aus. Es war schön, ihn zu spüren. Endlich waren wir in unserem Zimmer. Aber für die ganze Nacht ging das auch nicht. »Hast du denn eine Decke und ein Kissen?« »Schau doch in dem Schrank nach.« »Wie schön, da ist eine Decke und noch eine kleine dazu. Die nehme ich als Kopfkissen. Da hängt dein Mantel, den brauche ich auch.« Joachim geriet in Panik. »Was hast du vor?« »Ich lege den Mantel auf den Boden und die Decke über mich.« »Du kannst doch nicht auf dem Boden schlafen.« »Doch, ich muss es tun, weil ich in deinem Bett keinen Platz habe. Ich würde im Schlaf runterfallen und das will ich mir ersparen.« Ich knipste das Licht aus und legte mich neben Joachims Bett. Traurig war ich darüber. Die Tränen liefen über mein Gesicht. Die Müdigkeit holte mich dennoch in einen tiefen Schlaf und erst der Wecker brachte mich in die Wirklichkeit zurück.

Schnell stand ich auf. Die Decken und der Mantel kamen wieder in den Schrank. Joachim begrüßte mich und sagte: »Viel Glück auf deiner neuen Arbeitsstelle und lass es dir heute gut gehen.« »Ich wünsche dir auch einen schönen Tag.« Dann ging ich schnell in die Küche, machte mein Gesicht mit kaltem Wasser munter und putzte mir die Zähne. Dann trank ich noch etwas Wasser. Im Zimmer streifte ich mein Kleid über und ging aus der Wohnung. Es war doch noch etwas frisch. Eine Jacke hätte ich gebraucht. So rannte ich teilweise, damit mir etwas wärmer wurde. Ich war rechtzeitig am Bahnhof und sah auf der anderen Straßenseite auch schon das Auto. Ich wartete an der Ampel und überquerte die Straße. Zwei Frauen standen schon vor dem Auto. Ich freute mich. Es musste das Auto sein. Ich lief zu den Frauen und fragte. »Ja, hier sind Sie richtig«, sagte die eine Frau und die andere nickte. Ein Mann kam aus dem Auto und begrüßte uns freundlich. »Heute werden Sie Waschpulver für Werbezwecke in kleinen Päckchen in die Häuser bringen. Wir fahren in die Walddörfer, da gibt es nur Einfamilienhäuser. Sie müssen viel laufen. Setzen Sie sich schon in das Auto. Ich gebe Ihnen einen Zettel, da steht ein Spruch drauf. Den müssen Sie bei jeder Abgabe sagen. Während ich noch auf Leute warte, können Sie schon mal lernen.« Der

Mann grinste und stieg wieder aus dem Auto aus. Es dauerte nicht lange und es stiegen noch zwei weitere Frauen ein. Dann fuhren wir los.

Als wir in den Walddörfern ankamen, bekam jeder eine Tasche mit dem Waschpulver. Es war sehr schwer zu tragen. Jeder bekam die Anweisung, was für eine Straße er abzulaufen habe.

Ich ging also los und gab mein Bestes. Ich klingelte am ersten Haus und sagte den Spruch auf. Mein Thüringer Dialekt zauberte dem Mann an der Tür ein Schmunzeln in das Gesicht. Er nahm mir das Waschpulver ab und bedankte sich. Bei den anderen Häusern gab ich mir Mühe, Hochdeutsch zu sprechen. Das klang wohl noch komischer und an jeder Tür zeigten mir die Leute das schönste Lächeln. Das war mir zwar peinlich, fand aber die Freundlichkeit sehr erleichternd. Die Tasche war zum Glück um die Hälfte leichter geworden, das war gut. Aber mein Hunger steigerte sich von Minute zu Minute. Mir kamen auch noch Düfte von gebackenem Brot in die Nase, die aus einer Bäckerei in der Nähe stammen mussten. Und richtig, da sah ich schon den Laden. Es würde hoffentlich nicht auffallen, wenn ich da hineinging und mir etwas kaufte von den 2 D-Mark, die mir Joachim gegeben hatte. Also ging ich schnell hinein und kaufte mir zwei Rosinenbrötchen. Schnell war ich wieder draußen. Zum Glück musste ich nicht warten. Mit großen Bissen aß ich das erste Brötchen auf. Das war ein Hochgenuss. Das andere Brötchen kam verpackt in die Tasche. Ich sah mich noch einmal um, konnte aber niemanden sehen. Ich war zufrieden.

Das nächste Haus war auch schon in Sicht. In dem Garten war alles dicht bewachsen und es waren rundherum Büsche und Bäume. Ich klingelte wieder an der Tür, aber es wurde nicht geöffnet. Dann hörte ich Schlurfschritte und die Tür wurde ein Stück geöffnet. Eine freundliche alte Frau fragte mich, was ich wolle. Ich sagte artig meinen Spruch auf und gab ihr das Päckchen.

Dabei drehte ich mich etwas um und sah hinter einem Busch den Kopf des Fahrers. Der verschwand schnell wieder. »Warum tat er das?«, überlegte ich. Sicher wollte er mich kontrollieren, ob ich den Spruch aufsagte. Vielleicht hatte er mich auch gesehen, als ich in den Bäckerladen gegangen war. Ich bekam Angst vor eventuellen Schwierigkeiten. Bis zum nächsten Haus drehte ich mich immer wieder um, sah aber niemanden. So holte ich das zweite Brötchen aus dem Beutel und aß es schnell auf.

Die nächsten Häuser waren sehr eng nebeneinander und mein Beutel wurde schnell leer. Ich lief wieder zum Auto zurück. Der Fahrer stand am Auto und nahm mir den Beutel ab. »Setzen Sie sich schon mal in das Auto. Da sitzen schon zwei Leute.« Ich war froh, dass er nichts sagte. Ich ließ mich schwer auf den Sitz fallen. Es tat gut, nach so langem Laufen. Die anderen Personen kamen auch gleich und wir fuhren wieder zum Bahnhof Hasselbrook zurück. Wir bekamen unser Tagesgeld und verabschiedeten uns. »Morgen um die gleiche Zeit«, rief uns noch der Fahrer zu.

Den Frauen erzählte ich noch, dass ich den Kopf des Fahrers hinter einem Busch gesehen habe. »Ja, das kennen wir. Kontrolle macht er bei jedem.« »Oh, da bin ich zufrieden. Dachte schon, das macht er nur bei mir. Dann bis morgen«, sagte ich lachend. Ich blieb stehen und blickte zurück. Joachim wollte mich abholen und wir wollten ein Würstchen essen.

Nachdem ich eine Weile unschlüssig dastand, winkte er von der anderen Straßenseite. Ich winkte ihm lachend entgegen. Zur Begrüßung gab es einen Kuss und wir waren froh, einander wiederzuhaben. Wir aßen im Bahnhof ein Würstchen und ich trank eine kleine Flasche Wasser. Zufrieden liefen wir dann wieder nach Hause. Unterwegs kamen wir an dem Gemüseladen vorbei, wo die leckeren Apfelsinen in Kisten standen. »Joachim, ich möchte nur zwei Apfelsinen kaufen.« »Dann mach das doch. Du hast ja heute Geld bekommen«, sagte Joachim gleichgültig. »Ob das denn falsch war, den Wunsch zu äußern? Nein, bestimmt nicht. Ich habe ja wirklich das Geld verdient«, dachte ich bei mir. Und so holte ich die süße Frucht. Als ich zu ihm zurückkam, sagte ich freudig: »Das ist meine erste Apfelsine.« Joachim grinste. »Und auch nicht die letzte.« »Aber diese ist etwas Besonderes für mich. Du kannst das wohl nicht verstehen.« »Doch, das kann ich«, lächelte er und nahm mich in den Arm.

In unserem Zimmer angekommen, sah mich Joachim erwartungsvoll an. »Wir sind am Wochenende bei meiner Mutter und Schwester eingeladen.« »Oh, da freue ich mich sehr, sie kennenzulernen.« »Meine Mutter wohnt mit bei meiner Schwester. Mein Vater ist schon lange tot. Der Mann von meiner Schwester ist Kapitän. Er ist immer lange unterwegs.« »Hat denn deine Schwester auch Kinder?« »Ja, ein Mädel und zwei Jungen.« »Ich freue mich auf alle.« »Meine Mutter machte mir auch den Vorschlag, in der Zeitung nach einer Doppelbettcouch zu sehen. Natürlich eine gute gebrauchte. Und sie will sie uns schenken.« »Das ist aber sehr lieb von deiner Mutter. Dann können wir auch gleich in der Zeitung nach einer Arbeitsstelle für mich suchen.« »Wir werden bestimmt etwas finden, Inge.«

Am Wochenende lasen wir eifrig. Es wurde zwar leider keine Couch angeboten, ein Versandhaus allerdings suchte eine Bürokraft ganz in unserer Nähe. Ich lief gleich zur öffentlichen Telefonanlage und fragte nach. Die Stelle war noch frei und man gab mir einen Vorstellungstermin in einer Woche. Ich war überglücklich.

Ich schrieb meiner Mutter und bat sie, mir ein paar Kleidungsstücke zu schicken. So konnte ich mich zu meinem Vorstellungsgespräch gut zurechtmachen und ich bekam die Arbeitsstelle zu Beginn des nächsten Monats.

Der Besuch bei Joachims Mutter und Schwester war recht nett. Ich fragte mich nur, ob mich die beiden schon ein wenig sympathisch fanden. Ich war ja eine von ›drüben‹.

Am nächsten Wochenende suchten wir wieder nach einer Couch und wurden fündig. Wir freuten uns, aber Joachim hatte Bedenken. »Erst einmal sehen, wie die aussieht. Sie muss auch funktionieren beim Ausziehen.« »Ja, du hast ja recht. Ich kann auch nicht mitkommen, weil ich ja noch Werbematerial austragen muss.« »Das brauchst du auch nicht. Meine Mutter kommt mit.«

Die Couch wurde gründlich geprüft, sie war in einem sehr guten Zustand. Joachims Mutter fragte die Frau nach dem Preis und sie kamen zu einer zufriedenstellenden Einigung. Joachim hatte der Frau vorgeschlagen, dass er sich um ein Leihauto bemühe und die Couch in den nächsten Tagen abholen komme. Die Frau winkte ab. »Das müssen Sie nicht. Wir haben ein Lieferauto. Mein Mann bringt sie Ihnen.« Joachim freute sich sehr und gab ihr die Anschrift. »Die Lieferung will ich gern bezahlen«, sagte Joachim und gab ihr dankbar die Hand.

»Wir nehmen dafür nichts. Die Hauptsache ist, Sie haben Ihre Freude damit. Wenn es Ihnen recht ist, kommt mein Mann morgen früh.« »Ja, sehr gern und vielen Dank. Sie haben mich und meine Verlobte sehr glücklich gemacht.«

Joachim hat es kaum abwarten können, bis ich zum späten Nachmittag nach Hause kam. Er hörte das Öffnen der Eingangstür und kam mir lachend entgegen. »Ich sage dir eine gute Botschaft. Du wirst es nicht glauben.« »Spanne mich nicht auf die Folter, was gibt es?«, fragte ich etwas gequält. »Bin vom vielen Laufen müde und habe auch wieder schlecht geschlafen.« »Ab morgen schläfst du himmlisch. Wir bekommen eine ausziehbare Schlafcouch.« Ungläubig sah ich ihn an. »Ist das wirklich wahr?« Dann sah ich in sein strahlendes Gesicht. Ich schlang die Arme um seinen Hals und wir küssten uns. Meine Müdigkeit merkte ich nicht mehr und ich tanzte im Zimmer umher. Plötzlich hielt ich inne. »Ich bleibe morgen zu Hause und werde Bettzeug in Wandsbek kaufen. Ich hoffe, mein Geld reicht.«

Joachim überlegte. »Mein Bett muss gleich noch abgebaut werden. Erst einmal kommt alles in den Keller und wenn Abholtag ist, kommt es an die Straße. Der Schrank wird in die Fensterecke geschoben und davor steht dann die Couch. Wir müssen heute beide auf dem Boden schlafen.« »Bevor das Bett wegkommt, essen wir schnell etwas. Sonst können wir uns ja nicht setzen«, überlegte ich. Während ich das Abendessen auf den Tisch brachte, holte Joachim das Werkzeug aus dem Keller. Dann gingen wir mit Schwung und guter Laune an die Arbeit. Wir waren schnell fertig und bereiteten unser Nachtlager auf dem Boden vor.

In dieser Nacht konnten wir nur in kurzen Phasen schlafen. Schwierig war es besonders für Joachim. Wir waren beide froh, als die Nacht zu Ende war. »Ich habe solche Rückenschmerzen«, jammerte er. »Heute Abend massiere ich dich in unserem neuen Bett«, beruhigte ich ihn. »Ich beeile mich, damit ich schnell vom Einkaufen wieder hier bin. Hoffentlich reicht mein Geld.« Schnell zog ich mich an, gab Joachim einen Kuss und ging eilig davon.

Es hatte doch etwas länger gedauert. Aber ich war glücklich, ich konnte günstig einkaufen. Mein Geld hatte auch gereicht. Als ich nach Hause kam, saß Joachim schon auf der neuen Couch. »Sieht die gut aus«, strahlte ich ihn an. Schnell hatte ich mich daneben gesetzt. Es war ein tolles Gefühl. Erst jetzt sah ich, dass Joachim einen Brief in der Hand hielt. Er war von meiner Schwester. Gudrun schrieb, dass die Polizei unsere Mutter das zweite Mal zum Verhör geholt hatte. Ich bekam schreckliche Angst. Ich sah Joachim an. »Was, wenn man sie in das Gefängnis zwingt?« Ich hatte damals ja niemandem von meinem Vorhaben etwas gesagt. »Wenn vielleicht Mutter etwas geahnt hat und dies im Verhör zugibt, ist sie doch Mitwisserin und wird bestraft. Wenn das der Fall ist, werde ich wieder nach Rudolstadt fahren. Ich kann es nicht zulassen, dass sie meinetwegen bestraft wird.« Joachim sah mich entsetzt an. »Das würdest du tun?« »Ja, meine Mutter kann doch nichts dafür.«

Joachim senkte den Kopf und weinte. »Hoffen wir, dass das nicht passiert. Wir müssen auf die nächste Nachricht von Gudrun warten«, beruhigte ich ihn.

Es vergingen vier Tage voller Hoffen und Bangen. Nachts konnten wir auf unserer Schlafcouch gut liegen, aber die Angst ließ uns schlecht schlafen. Dann kam der Brief von meiner lieben Mutti. Sie schrieb, dass sie gesund sei und es allen gut ginge. Wir fielen uns in die Arme und weinten und lachten zugleich. Der erlösende Brief kam an einem Samstag. So hatten wir ein ruhiges, entspanntes Wochenende.

Meine neue Arbeitsstelle hatte ich angetreten. Der Abteilungsleiter übergab mir meine Aufgaben. Er war sehr nett. So verlief der erste Arbeitstag recht positiv. Einige hatten sich über meinen Dialekt lustig gemacht. Das machte mich doch traurig. Ich gab mir so viel Mühe. Es gelang mir nicht, anders zu sprechen. Zu Hause half mir Joachim. Er verbesserte mich ständig. Das wiederum war auch nervig.

Mit meiner Arbeit während der Probezeit war man in der Firma zufrieden, und ich bekam die Festanstellung. So lebten wir in unserem bescheidenen Zimmer glücklich und zufrieden. Ich konnte sogar noch etwas Geld zurücklegen.

Nach einem halben Jahr hörten wir früh am Morgen, es war Sonntag, ständiges Laufen auf dem Flur. Wir wunderten uns, weil wir das sonst nicht kannten. Dann hörten wir lautes Klopfen an unserer Tür. Ich öffnete und der Sohn der alten Frau, der die Wohnung gehörte, stand vor mir. »Meine Mutter ist in der letzten Nacht verstorben. Die Küche können Sie erst einmal wie gewohnt benutzen, bis ein neuer Mieter kommt.« Ich bot ihm meine Hand, um mein Beileid auszusprechen. Aber der Mann lief mit großen Schritten davon. Als die Tür wieder geschlossen war, sah ich Joachim an. »Wenn Nachmieter in die Wohnung ziehen, müssen wir raus.«

»Das darf nicht passieren. Ich muss meine Mutter anrufen. Wir wohnten alle hier in der Nähe und sie hat noch einen Vertrag von dem Bauverein. Wir wollen ja im nächsten Monat heiraten und sind dann berechtigt, uns für diese Wohnung zu bewerben. Ich hoffe, Mutter kommt morgen mit. Sie wird dann unsere Verlobung bestätigen.«

Gleich am nächsten Tag kümmerte sich Joachim um alles. Seine Mutter sagte zu, mitzukommen. Den Vertrag hatte sie mitgebracht. Joachim war schon vor der abgemachten Zeit im Bauverein. Er wollte seine Mutter nicht warten lassen, falls sie auch früher ankommt. Nachdem er sich mit seinem Anliegen angemeldet hatte, ging er zum Wartebereich. Es waren drei Leute vor ihm, also war er der Vierte. Nach ihm kamen noch ständig Leute dazu. Dann hörte er die Stimme eines Mannes, die Joachim bekannt vorkam. Und richtig, herein kam der Mann von der verstorbenen alten Frau. Er erkannte Joachim und grüßte kurz.

Dann kam seine Mutter, gerade noch rechtzeitig. Es war nur eine Frau vor ihm an der Reihe. So wurde Joachim nach kurzer Zeit aufgerufen. Joachim und seine Mutter betraten das vorgegebene Zimmer und Joachim erklärte seinen Wunsch. Aber die Frau im Zimmer sagte freundlich, dass er verheiratet sein müsse. Sie könne ihn gern auf die Warteliste setzen. Joachims Mutter hatte den Vertrag aus der Tasche genommen und gab ihn der Frau. »Ich war schon vor dem Krieg Mitglied. Mein Sohn ist verlobt. Seine

Verlobte hat er kürzlich aus der DDR geholt. Und im nächsten Monat wollen sie heiraten.« Die Frau wendete sich wieder an Joachim. »Bringen Sie mir Ihr Aufgebot. Ich trage Sie schon als neuen Mieter der Wohnung ein.« Joachim glaubte nicht, was er eben hörte. Dann stand er auf. Die große Freude stand beiden im Gesicht. Joachim nahm die Hand der Frau und bedankte sich. »Ich kümmere mich gleich morgen darum und bringe das Aufgebot.«

Joachim fuhr mit seiner Mutter wieder nach Hause. Er konnte sein Glück noch immer nicht fassen. Unterwegs kaufte er einen kleinen Blumenstrauß. Zu Hause angekommen, stellte er den Strauß mitten auf den Tisch. Er nahm ein leeres Gemüseglas als Vase. Das musste erst einmal genügen. Dann schrieb er in großen Buchstaben auf einen Zettel: »Herzlichen Glückwunsch, wir werden stolze Mieter dieser Wohnung sein.« Er konnte kaum abwarten, bis ich nach Hause kam.

Unterwegs dachte ich daran, ob er wohl die Wohnung bekommen hatte. Wir konnten doch unmöglich mit unserem alten Inventar umziehen. Und wenn, würden wir die Miete in einem anderen Haus bezahlen können? Hier, in unserem alten Haus würde die Miete wohl zu schaffen sein. Zu Hause angekommen, saß Joachim an seinem Schreibtisch. Dann sah ich den Blumenstrauß und las laut, was auf dem Papier stand. Ich rief: »Joachim, du hast die Wohnung.« Ich sprang zu ihm und herzte und küsste ihn. »Schön, dass du es geschafft hast.« »Dann bedanke dich bei meiner Mutter. Sie hat ein gutes Wort für uns eingelegt.«

Am nächsten Tag besorgte Joachim das Aufgebot und brachte es der Frau im Bauverein. Dabei wurde ihm gesagt, dass der Sohn von der verstorbenen Frau die Wohnung auch für sich haben wollte. Sie sagte Joachim, wenn er die Heiratsurkunde brachte, dann würde sie den Mietvertrag fertig machen. Andernfalls bekäme die Wohnung der Mann, der auch interessiert war.

Joachim bedankte sich abermals und gab der Frau eine kleine Schachtel Pralinen. »Damit möchte ich Ihnen auch eine kleine Freude machen, danke.«

Es geht langsam aufwärts

Joachim wurde ungeduldig. »Inge, beeile dich, ich brauche noch Material aus dem Baumarkt.«

Es war Samstag. Für uns der einzige Tag zum Einkaufen. Unser Leben war ziemlich hektisch geworden. Nun waren wir seit einem Jahr stolze Mieter der Wohnung. Die Küche war fertig und mein ganzer Stolz. Das war unser Anfang mit sehr viel Arbeit. Auf der einen Seite hatte Joachim die Wand verputzt und gefliest. Davor kam ein moderner schmaler Kohleofen. Daneben, in der gleichen Höhe, ein E-Herd und ein Nirosta-Spülschrank. Darüber hatte er einen Warmwasser-Gasboiler montiert. Auf der anderen Seite war eine Eckbank mit Esstisch. Und daneben ein weiß lackierter Küchenschrank.

Im Winter war der Raum nur recht kalt. Man musste viel heizen. Holz hatten wir viel gesammelt. Wenn einmal im Monat der »Rausstelltag« war, holten wir alte Stühle und Bretter, welche die Leute an die Straße brachten, und Joachim zerlegte alles im Keller und so hatten wir genügend Holz.

Als zweiten Raum hatte sich Joachim die Toilette mit Dusche vorgenommen. Es war ein sehr kleiner Raum, aber wir hatten viel Arbeit vor uns. Die Wände mussten wieder verputzt werden, weil

Löcher darin waren. In dem Duschraum sah man nur ein kleines Stück Rohr aus der Wand ragen. Hier war noch alles in einem schlimmen Zustand.

Als wir mit unseren Renovierungsarbeiten fertig waren, lobte ich Joachim. »Du hast alles so wunderschön gemacht. Das macht dir so schnell keiner nach.« Mir gefiel auch sehr, dass er eine Trennwand aus Holz mit Rundbogen gefertigt hatte. In der Mitte war ein Plastikvorhang angebracht worden. Es war herrlich, als wir das erste Mal unter der Dusche standen. Das war wie ein Feiertag, den man nicht mehr vergessen wollte.

Abends saßen wir auf unserem Schlafsofa. Wir hatten uns ein Glas Sekt gegönnt. Joachim wollte etwas sagen und er sah mich dabei an. »Nun sag schon, was du sagen willst.« »Du möchtest doch bestimmt auch mal ein Stück weiter weg, um alles kennenzulernen. Mir fällt es schwer, überall hinzulaufen. Und Roland hat uns doch auch eingeladen. Es wäre dann besser, wir kaufen ein gebrauchtes Auto. Ich denke an einen Lloyd. Ich habe schon einen gesehen, der nicht viel kostet.«

Ich küsste Joachim und sagte: »Du hast dir das Auto verdient. Dann mach uns beiden die Freude. Deine Ausbildung geht ja auch bald zu Ende. Ich denke auch, wir könnten dann Roland besuchen.« »Ein guter Vorschlag, gleich morgen rufe ich an. Dann könnte ich das Auto am Freitag abholen«, seufzte Joachim erleichtert. »Wir wollen doch am Sonntag zur Mutter und Erika fahren.« »Dann könnten wir das doch mit unserem Auto machen.« Joachim lachte herzhaft. Ich spürte, ich war bei Mutter und Erika willkommen. Der eine Tag war für mich Erholung. Der Stress der vergangenen Woche war schnell vergessen. Erikas Kinder schenkten mir auch viel Zuneigung und Freude.

Als wir wieder zu Hause ankamen, wurde die Kleidung für den nächsten Tag zurechtgelegt. Weil es schon spät geworden war, gingen wir auch gleich schlafen. Einschlafen konnten wir beide lange nicht. Jeder hing seinen Gedanken nach. Joachim war wegen des Autos aufgeregt. Und ich hatte an das Geld gedacht. »Es muss bezahlbar und mobil sein, ohne ständig Reparaturen zu haben. Wir müssen doch auch sparen für die Fahrt zu Roland.« Meine Unruhe merkte Joachim und er streichelte mich. Es tat so gut und ich beruhigte mich und konnte einschlafen. Am Morgen weckte mich Joachim mit einem Kuss. »Du wirst sehen, alles wird gut.« »Unser Geld muss reichen, Joachim. Handeln ist vielleicht nötig.«

An einem Abend in der Woche hatte ich Zeit, an Roland zu schreiben. Joachim arbeitete länger. Ich fragte an, ob wir im Juni oder Juli kommen können. Eine Karte kam sehr schnell zurück. »Kommt, wie ihr Lust habt, für zwei Wochen. Wir freuen uns.« Am Abend besprach ich mit Joachim unseren ersten Urlaub. Joachim meinte: »Ich habe das Glück, für zwei Monate ein Praktikum zu machen. Ein Kollege ist ausgefallen wegen Krankheit. In den zwei Monaten bekomme ich Geld.« »Das kommt uns aber sehr gelegen.« Ich war erleichtert und kniff Joachim in die Wange.

Schnell verging die Woche. Joachim hatte in der Nacht zu Freitag vor Aufregung schlecht geschlafen. Mir ging es ähnlich und so waren wir beide froh, als der Wecker klingelte. »Bitte, lieber Joachim, bleibe noch ein Weilchen liegen. Ich möchte mich ganz schnell fertig machen, damit ich pünktlich zur Arbeit komme.« Als ich in die Küche kam, um noch etwas zu trinken, saß Joachim schon am Küchentisch und hatte mir eine Tasse Milchkaffee und eine halbe Scheibe Marmeladenbrot hingestellt. Darüber freute ich mich sehr. »Du darfst nicht nüchtern aus dem Haus«, grinste er. »Und du bist so lieb, danke.« Ich setzte mich und hielt seine aufgeregten Hände fest. »Du wirst heute als stolzer Autofahrer nach Hause kommen und am Sonntag fahren wir zu Mutter und

Erika zur Begutachtung.« Wir lachten beide und ich gab Joachim noch einen Kuss und ging winkend aus dem Haus.

Als ich von der Arbeit nach Hause lief, kaufte ich unterwegs noch etwas für das Wochenende. Ich bog in unsere Straße ein und sah an der Seite der Straße den Lloyd stehen. Als ich vor dem Auto stand, stellte ich meine zwei Taschen ab und lief um das Auto herum. Die eine Tür hatte eine etwas andere Farbe. Aber ein neues Nummernschild war auch schon angebracht. Also war die Ummeldung bereits geregelt worden. Nun ja, es war ein Auto mit einem ungewöhnlichen Aussehen. Joachim hatte mich von der Küche aus beobachtet und er kam ganz schnell aus der Tür.

»Findest du das gut, Inge? Ich hatte doch schon vorher angerufen und das Nummernschild bestellt. Wenn ich das Auto nicht genommen hätte, dann hätte ich ein anderes genommen. Wir wollten ja am Wochenende zu Mutter fahren.« »Ist schon gut, Joachim. Ich bringe meine Taschen in die Wohnung und wir machen eine kleine Ausfahrt. Ich möchte doch auch in unserem neuen Auto sitzen. Auch wenn ich selbst nicht fahre.« »Aber ja, Inge, ich mach das gern.« In der DDR hatte ich den Führerschein gemacht. Aber ein paar Fahrstunden wollte ich doch noch nehmen. Den Verkehr und die zwei- und dreispurigen Straßen kannte ich nicht.

Unsere erste Fahrt war für mich so wunderbar und zugleich aufregend. Joachim erklärte mir, was wir zu sehen bekamen. Ich konnte mir gar nicht alles merken. Aber über die Alster und das *Hotel Atlantik* staunte ich sehr. »Ich werde wohl heute Nacht davon träumen, danke dir sehr.« Als wir wieder zu Hause ankamen, fragte ich, ob das Geld auch gereicht habe. Er sah mich an, es war ihm peinlich zu reden. »Fast hat es gereicht, Inge. Man hatte mir aber noch recht gute Winterreifen gegeben und die kosten 100 D-Mark. Ich zahle das am Monatsende.« Ich musste lächeln und kuschelte mich in seine Arme. »Vielleicht kannst du schon vorher bezahlen, habe das Geld für die Leerung der Waschautomaten aufgespart. Aber mehr kann ich dir auch nicht geben. Brauche unbedingt Schuhe und das Nötigste an Kleidung.«

Die Zeit verging so schnell bis zur Abfahrt zu Roland. Die Auswahl der Wäsche überlegte ich mir gut. Viel Wäsche hatten wir beide ja nicht. Es war auch nur gut, denn in den Koffer passte nicht viel hinein. Wir standen an dem Tag der Abfahrt recht früh auf. Joachim meinte: »Dann kommen wir gut durch den Elbtunnel.« So waren wir gegen Mittag schon am Ziel. Die Begrüßung wollte kein Ende nehmen. Sabinchen hatte uns auch noch erkannt und streckte ihre Ärmchen aus. So hatten wir eine wundervolle Zeit verbracht. Und wir nahmen immer Sabine zu unseren Ausfahrten mit. Einmal fuhren wir auch mit dem Dampfer über den Rhein. Das war ein so schönes Erlebnis. Abends, wenn Roland und Rita Feierabend machten, waren wir alle im Garten. So verging auch diese Zeit schnell und wir mussten wieder Abschied nehmen.

Wir fuhren früh los. Im Ort wurde noch getankt und dann ging es wieder auf die Autobahn. »Fahre nicht so schnell, wir wollen auch noch in Hamburg ankommen«, sagte ich ängstlich. Joachim lachte, »ich denke, mit hundert Kilometern pro Stunde schafft das unser Auto.« »Du hast eben einen Mercedes überholt«, betonte ich lachend. Ich machte mir die Freude und zählte bis Hamburg fünf Stück dieser Sorte. So verging die Zeit. Unterwegs wurde noch eine Rast gemacht. Froh waren wir, als wir wieder zu Hause ankamen. »Ist doch toll, dass unser kleiner ›Flitzer‹ uns so gut nach Hause gebracht hat«, freute sich Joachim.

Im Haus holte Joachim noch die Post aus dem Briefkasten. Am Küchentisch setzte er sich. »Ich sortiere schon mal die Post.« »Und ich die Wäsche. Dann kann ich schon einen Teil der Wäsche in die Maschine bekommen.« »Hat das denn nicht Zeit bis morgen?« Joachim schüttelte den Kopf. »Ich möchte mich jetzt ein bisschen bewegen, saß ja die ganze Zeit. Außerdem hat sich jetzt keiner eingetragen zum Waschen. Es ist schönes Wetter. Morgen könnten wir doch in unseren schönen Park gehen und unterwegs etwas essen. Einkaufen werden wir dann anschließend. Da wir in dieser Woche noch Urlaub haben, wollen wir doch die schönen Tage nutzen.« »Du hast Recht, Inge. Wir gehen morgen in den Hammer Park. Dann werden wir zwei Tage später nach *Planten un Blomen* fahren. Du wirst staunen, wie schön es da ist.« »Oh ja, da freue ich mich sehr darauf, mein lieber Joachim.«

Unser Urlaub war so wunderschön. Endlich hatten wir Zeit für uns gehabt und konnten uns erholen. In *Planten un Blomen* konnte ich über die herrlichen Blumenrabatten staunen. Das große Hamburg und mittendrin die Alster und der Park. Ich drückte Joachim die Hand. »Ich bin stolz und glücklich, hier zu leben.« »Du hast ja noch nicht alles gesehen. Bald werden wir zum Hafen fahren, da wirst du auch staunen.«

Auch diese schöne Zeit ging zu Ende und der Alltag holte uns wieder ein. Mir ging es nicht gut. Morgens war mir immer übel. Ich überlegte mir, meine Ernährung zu ändern. Joachim fuhr mich wie jeden Morgen zur Arbeit. Unterwegs hatte er gehalten und ich musste mich übergeben. Erschöpft setzte ich mich schnell wieder in das Auto. »Joachim, kann es sein, dass wir ein Kind bekommen?« »Das ist schon möglich, dass du Recht hast.« »Morgen werde ich zum Arzt gehen.«

Am nächsten Morgen machte ich mich rechtzeitig fertig, um einen Arzt aufzusuchen. Eine Kleinigkeit hatte ich getrunken aus Angst, ich könnte mich übergeben. Unterwegs ging ich noch in eine Telefonzelle, um in der Firma anzurufen, dass es mir nicht gut ging und ich einen Arzt aufsuchen würde. Weit war der Weg nicht und ich war schnell in der Praxis. Man sagte mir, dass ich mit einer Wartezeit rechnen müsse, da ich keinen Termin hatte.

»Darf ich dann noch zehn Minuten nach draußen gehen?« »Ja, bitte seien Sie in zwanzig Minuten wieder hier.« Für mich war das sehr erleichternd, konnte ich mich etwas ablenken. Im Wartezimmer war ich zur rechten Zeit. Hatte nur kurz warten müssen, dann wurde ich aufgerufen.

Nach der Untersuchung setzte sich der Arzt wieder und sah mich an. »Ich gratuliere Ihnen, Sie bekommen ein Kind, Sie dürfen sich freuen.« Mir schoss das Blut in den Kopf. »Natürlich freue ich mich. Das kommt nur etwas zu früh. Mein Mann wird mit seiner Ausbildung in zwei Monaten fertig.« »Dann ist es doch nicht zu früh. Es hat ja auch noch Zeit, bis Ihr Kind da ist.« Der Arzt stand auf und gab mir die Hand. »Ihnen wird noch von meiner Helferin ein Mutterschaftsausweis ausgestellt. Sie werden einmal monatlich zur Untersuchung zu mir kommen und den Ausweis mitbringen.« Ich bedankte mich. Als ich aus der Tür ging, schwirrte mir der Kopf.

Zu Hause angekommen, ging ich in die Küche und setzte mich. Ich konnte einfach nicht glauben, dass ich ein Kind erwartete. In Rudolstadt hatte mir ein Arzt gesagt, dass ich wahrscheinlich keine Kinder bekommen würde. Damals war ich sehr traurig, aber nun durfte ich mich freuen. Ich kochte mir einen Tee und wartete sehnsüchtig darauf, dass Joachim nach Hause kam. Dann verdrängte ich die Zeit mit Arbeit, machte den Balkon sauber und saugte im Zimmer den Teppich. Dabei ging die Zeit schnell vorbei, bis Joachim kam. Er setzte sich auf das Sofa und stützte seinen Kopf in die Hände. »Es war heute ein anstrengender Tag. Ich möchte mich nur einen Augenblick ausruhen.« »Ja, ich lass dich auch in Ruhe und gehe in die Küche.«

Joachim sah mich an: »Du warst doch heute beim Arzt, ist alles in Ordnung?« »In Ordnung ist es, du wirst nur bald Papa.« Joachim machte große Augen. Nun war er wieder fit. »Wir bekommen ein Kind?« Er stand auf und nahm mich in die Arme. Die Freude war groß. Mit Freudentränen in den Augen flüsterte er mir in das Ohr. »Dem Himmel sei Dank dafür.« »Wir sind doch mit unserer Wohnung noch nicht fertig«, gab ich zu bedenken. Joachim winkte ab, »das ist doch Nebensache. Bis dahin haben wir auch eine fertige Wohnstube.«

Der Herbst kam. Joachims Ausbildung ging zu Ende. Er bekam eine Festanstellung als Erzieher im gleichen Heim, wo er das Praktikum gemacht hatte.

Nach einem Monat, nach dem Abendessen, schob mir Joachim einen Umschlag zu. »Hast du Post bekommen?« Joachim sagte nichts. Nun wurde meine Neugier geweckt und ich nahm den Umschlag und sah hinein. Da waren Geldscheine und ich verstand. Ich streichelte seine Wange. »Dein erstes Geld, herzlichen Glückwunsch.« Und schob ihm den Umschlag wieder zu. Joachim sah mich verwundert an. »Nein, damit musst du wirtschaften. Hast ja bisher auch dein Geld ohne zu murren in unsere Wohnung gesteckt. Nun schaffen wir unser Ziel schneller und können auch an unsere persönlichen Wünsche denken.«

Ich sah ihn dankbar an und drückte seine Hand ganz fest. »Wir haben die erste große Hürde geschafft.«

Die Arbeitszeit von Joachim wurde in drei Schichten aufgeteilt. Daran musste er sich erst gewöhnen. Oft kam er total müde und genervt nach Hause. Die normale Nachtruhe hatte er nur selten. Wenn er Wochenenddienst hatte, bekam er einen freien Tag. Dann hat er unermüdlich in der Wohnstube gearbeitet. Und wenn ich von der Arbeit kam, freute ich mich und lobte ihn nach allen Regeln der Kunst. Wenn er am Wochenende zu Hause war, suchten wir verschiedene Firmen auf, um etwas zu bestellen oder auch nur anzusehen. Nach meinem Feierabend konnten wir oft etwas Neues bewundern. Im Winter saßen wir nun nicht mehr auf unserem Schlafsofa, sondern wir hatten eine Couchgarnitur und einen Kohleofen mit Fenster. Sehr glücklich war ich über unsere schöne Fenstergardine.

Ich konnte mir auch warme Kleidung kaufen. Abends saß ich oft im Sessel und strickte Babysachen. So verging der Winter. Mein Körper hatte sich auch verändert, die Umstandskleidung musste entsprechend gekauft werden. Die Tätigkeit in der Firma war sitzend und die Sachen sollten auch bequem sein. Joachims Schichtdienst machte mir zu schaffen. Abends war ich oft allein. So ging ich spazieren und genoss die Natur, denn frische Luft tat auch meinem Kind gut. Wenn Joachim zu Hause war, brauchte er viel Ruhe und er schlief viel.

Ich dachte über unsere Zukunft nach, wie es sein würde, wenn unser Kind da ist. Es würde manches Mal laut werden und Joachim hätte dann nicht mehr die Ruhe. Aber wozu nachdenken. »Wir müssen auch diesen Lebensabschnitt meistern«, meinte auch Joachim. Als er von meinen Sorgen hörte, schüttelte er lachend den Kopf. Am Wochenende besuchten wir oft einen nahegelegenen Park oder wir fuhren zum Hafen und aßen Fisch mit Kartoffelsalat. Wenn er unter der Woche zu Hause war, arbeitete er an der Wohnstube.

Nach meinem Feierabend bewunderte ich seinen Fleiß. »Beim Teppichverlegen hätte ich dich heute so dringend gebraucht«, seufzte Joachim. »Ich hatte Glück. Der Nachbar hat mir geholfen. Nächste Woche kommen drei Elemente, die zum Schrank gehören. Dann müssen wir erst einmal warten und sparen. Erika wird uns das Kinderbett bringen. Neu ist das nicht. Da lagen vorher schon fünf Kinder drin. Das Körbchen bringt uns Tante Marta.« Ich lachte. »So viele Neuigkeiten kann ich ja kaum verkraften. Aber es ist an der Zeit, alles für das Baby zu richten.« »Ich habe dir auch ein Buch mitgebracht. Da kann man die Entwicklung des Kindes sehr gut sehen.« Mit stolzem Blick gab er mir das Buch. »Danke, mein lieber Joachim. Du bist so lieb.«

Wochen und Monate vergingen. Ich hatte aufgehört zu arbeiten. Mein Zustand wurde immer schwerer zu ertragen. Nachts konnte ich kaum schlafen. Da wurde mein Kind mobil und strampelte eifrig in meinem Bauch. Am Wochenende war Joachim zu Hause und wir konnten endlich wieder Mutter und Erika besuchen. Erika betrachtete mich und meinte lachend: »Du hast einen ganz schönen Umfang. Hoffentlich sind das keine zwei.« »Nein, das hatte mir der Arzt versichert«, schüttelte ich energisch mit dem Kopf. »Habt ihr denn schon einen Namen?« Erika sah mich fragend an. »Nein, das haben wir noch nicht«, etwas verlegen sah ich zu Boden. »Wenn es ein Junge wird, würde mir Jan gefallen.« »Ja, Erika, der gefällt mir auch.« »Was gefällt euch denn?« Joachim kam dazu und wir nannten ihm den Namen. »Der ist gut, bin einverstanden. Ein Mädchen könnte doch Johanna heißen.« »Nein, der gefällt mir nicht. Das müssen wir uns noch überlegen«, erwiderte ich.

Vor der Geburt ging ich noch einmal zum Arzt. Ich hoffte, es war alles in Ordnung. Meine Mutter fehlte mir so sehr, ich wollte sie so vieles fragen. Der Arzt versicherte mir, es sei alles in Ordnung. »Das Kind hat eine gute Lage. Die Geburt kann nun schnell kommen.« Er stand auf und legte seine Hand auf meine Schulter. »Ich wünsche Ihnen alles Gute. Mit Ihrem Kind sehe ich Sie wieder.«
Es verging noch eine Woche. Joachim war bei mir. Sein Dienst begann erst mittags. So konnten wir noch zusammen frühstücken. Ich bekam ein Ziehen im Bauch. Ruhig sitzen beim Essen war nicht möglich. Das Ziehen wurde im Laufe der Zeit immer stärker. Joachim machte sich schon zum Gehen fertig. Ich bekam Angst und sagte ihm, dass ich so starke Schmerzen hätte. »Fahr

mich doch bitte noch zum Arzt.«»Ich komme dann zu spät zur Arbeit, das wird schon wieder vergehen. Du hast doch in der letzten Zeit immer etwas.« Er gab mir noch einen Kuss und ging.

In meinem Kopf drehte sich alles. Ich merkte, dass in meinem Körper etwas passierte. Ich schrie: »Mein Kind will kommen.« Die Taxi-Nummer hatte ich mir schon vorher notiert. Auch mein kleines Köfferchen war gepackt. Ich lief, gekrümmt vor Schmerzen, zur Telefonanlage und rief nach einem Taxi. »Kommen Sie schnell, ich bekomme ein Kind. Fahren Sie mich in das Krankenhaus.« Ich nannte noch meine Adresse und legte auf. Ich versuchte, so schnell wie möglich wieder nach Hause zu kommen. Und immer wieder kam eine neue Wehe. Der Taxifahrer war schnell da. Es war so ein netter Mann. Er ging noch mit mir in die Wohnung, holte meinen Koffer, hielt mich mit sicherem Griff unter dem Arm fest und führte mich wieder zum Auto. »Ich möchte zum Krankenhaus Finkenau.« Der Mann sah mich freundlich an und sagte: »Soll ich lieber eine Unterlage auf den Sitz legen?« »Danke, das wird so gehen. Bitte fahren Sie.« Während der Fahrt fragte er immer wieder: »Geht es noch? Wir sind gleich da.« Er fuhr sehr vorsichtig. Aber das Rütteln während der Fahrt begünstigte immer wieder eine neue Wehe. Endlich hielt der Fahrer am Krankenhaus.

Sehr vorsichtig holte mich der Mann aus dem Auto. Ich war schweißgebadet. Er führte mich mit festem Griff, aber sehr vorsichtig, in die richtige Abteilung. Die Fürsorge tat so gut. Eine Schwester nahm mich in Empfang und bot mir einen Stuhl an. Der Mann ging wieder weg, um meinen Koffer zu holen. Währenddessen sollte ich verschiedene Fragen beantworten. Das ging nicht, mein Kopf war leer. »Ihr Mann kommt doch gleich wieder«, sagte eine freundliche Schwester. Ich sagte: »Das ist nicht mein Mann. Es ist der Taxifahrer.« »Ach so, dann frage ich Sie, wenn Ihr Kind da ist. Sie werden jetzt zum Duschen gebracht.

Anschließend werden Sie abgeholt und man bringt Sie in den Kreißsaal.«

So verging, Stunde um Stunde, die schreckliche Zeit der Wehen. Endlich, um 1:20 Uhr, hatte ich es geschafft. Mein Sohn wurde geboren. Die Schwester ging mit dem kleinen Schreihals in ein Zimmer zum Waschen und Impfen. Und ich schlief sofort ein. Irgendwann fühlte ich etwas in meinem Arm. Ich machte die Augen auf und blickte in das liebe Gesichtchen meines Sohnes. Ich war wohl die glücklichste Mama der Welt.

Am nächsten Tag kam Joachim mit seiner Tante. Sein Verhalten vom Vortag nahm ich ihm noch übel. Ja, ich war darüber sehr traurig und vermied eine Unterhaltung. Joachim blickte mich unsicher an, nachdem er unseren Sohn sah, dann fragte er: »Warum ist unser Sohn so rot im Gesicht?« »Weil er nicht durch den Geburtenkanal kam. Ich war wohl sehr verkrampft«, sagte ich beleidigt. Ich redete mit der Tante noch über verschiedene Dinge. Dann verabschiedeten sich die beiden. »Ich komme morgen wieder«, sagte Joachim. »Musst du denn nicht wieder arbeiten?«, entgegnete ich ironisch. Joachim sagte nichts. Er drückte leicht meine Hand und gab mir einen Kuss auf die Stirn und ging. Ich legte mich zurück und schloss die Augen. Schlafen konnte ich nicht. In dem Raum waren sieben Betten belegt. Die Schwestern kamen ständig, weil irgendjemand immer klingelte. Ich war froh, dass ich nach einer Woche gehen konnte. Gleichzeitig hatte ich Angst, weil ich für mein Kind die Verantwortung allein übernehmen musste. Ich hatte Joachim gebeten, wenn er mich abholt, möchte er den Ofen in der Küche vorheizen und, bevor er geht, eine Kohle auflegen.

Am Tag der Entlassung kam Joachim. Er war sehr aufgeregt. Unser Sohn lag fertig gewickelt auf meinem Bett. Eine Babydecke hatte ich mitgebracht. Damit wurde er eingewickelt. Nun ging es endlich nach Hause. Ich stieg in unser Auto hinten ein. Oh weh, das war sehr eng, aber es ging.

Zu Hause angekommen, lief ich mit unserem kleinen Jan auf dem Arm ins Haus. Joachim kam schnell nach. Vor unserer Wohnungstür blieb ich stehen. Joachim legte den Arm um meine Schulter und sagte: »Herzlich willkommen, ihr beide.« Er hatte eine Girlande um den Türrahmen gelegt. Ich war gerührt. »Danke dir, das ist eine echte Überraschung. Nun muss ich aber schnell hinein. Unser Jan braucht seine erste Mahlzeit und wickeln muss ich ihn auch.« Als ich die Tür zur Küche öffnete, war der Raum kalt. Das Feuer im Ofen aus. Ich öffnete die Ofenklappe, um nachzuschauen. Da lag das Holz noch kein bisschen angebrannt. »Joachim, warum hast du nicht rechtzeitig den Ofen angeheizt?« »Das ist eben wieder ausgegangen«, entgegnete er kleinlaut. Ich sagte nichts, zu streiten war keine Zeit. Schnell zündete ich das Feuer an. Das nützte nicht viel. Um einigermaßen die notwendige Wärme zu erreichen, müsste ich mindestens eine Stunde warten. Also gab ich unserem Jan schnell frische Windeln und hüllte ihn in die warme Decke ein. Nachdem er gefüttert war, legte ich ihn in sein Körbchen, welches in der Stube stand. Dort war es etwas wärmer. Ich hatte aber den Fehler gemacht, die Auflage nicht vorher mit einer Wärmflasche anzuwärmen.

Nachts hörte ich ein klägliches, leises Weinen. Ich sah nach und bekam einen großen Schreck. Die Nase war verstopft. Er bekam keine Luft. Sein Köpfchen war rot. Er hatte Fieber. Schnell zog ich mir etwas über, rannte zur Telefonzelle und rief das Krankenhaus an. Ich bekam eine nette Anweisung und man versprach, dass in der Früh eine Schwester kommen würde. Die ganze Nacht blieb ich bei ihm, machte Wadenwickel und legte ein feuchtes Tuch über sein Köpfchen.

Am Morgen um 7:00 Uhr klingelte es. Ich rannte zur Tür. Es war die Hebamme, der ich so viel zu verdanken hatte. Sie verstand es, unser Kind gesund zur Welt zu bringen. Sie sah in das Körbchen und sagte: »Armer kleiner Kerl. Kaum auf der Welt und schon so krank.« Sie redete mit ihm, machte dabei die Nase sauber und gab ihm Tropfen von Medikamenten. Die Brust wurde eingerieben und sie gab mir Anweisung, ihm Brustwickel zu geben. »Gehen Sie morgen mit ihm zum Kinderarzt, wenn es ihm besser geht und das Fieber runtergegangen ist. Sonst rufen Sie den Arzt an, dass er kommt.« Schnell ging sie zur Tür. Ich griff nach ihrem Arm. »Ich danke Ihnen von ganzem Herzen. Sie haben mir und meinem Sohn so sehr geholfen.« »Schon gut«, sagte sie und streichelte meine Hand, »ich werde zur nächsten Geburt gebraucht. Ich wünsche Ihnen und Ihrem Kind alles Gute.«

Ich sah in das Körbchen und spürte ein unendliches Glück. Mein kleiner Jan schlief ruhig und ohne zu schnüffeln. Mich überkam eine große Müdigkeit. Schnell holte ich eine Decke und ein Kissen und legte mich auf das Sofa. Zufrieden schloss ich die Augen und schlief ein.

Erst als ich ein leises Stimmchen hörte, wurde ich wieder wach. Ich sah nach, es war alles in Ordnung. Aber es war Zeit, dass er seine Flasche bekam. In der Küche legte ich Holz und Kohlen nach, denn er muss auch gewickelt werden. Ängstlich prüfte ich die Raumtemperatur. Erst dann holte ich ihn zum Trinken und Wickeln. Die Auflage im Körbchen wurde wieder angewärmt. Etwas später bekam er auch den Brustwickel. Zufrieden war ich, als das Fieber schon etwas weniger wurde. Die Nacht verlief noch etwas unruhig. Joachim hatte in der Woche Nachtdienst. Darüber war ich froh. Ich brauchte keine Rücksicht nehmen, dass ich ihn störte.

Als er am Morgen kam, hatte er Ruhe. Jan hatte ich angezogen und gefüttert. Dann machte ich ihn fertig zu seiner ersten Fahrt im Kinderwagen und ging mit ihm zum Kinderarzt. Ich wurde schnell aufgerufen. Der Arzt sah ihn sehr genau an und meinte: »Ihr Kind ist noch immer sehr krank. Ziehen Sie ihn bitte aus, ich werde ihn intensiver untersuchen müssen.« Ich tat, was er sagte, hatte aber Angst, dass er so nackt wieder kränker werden könnte.

Der Arzt hörte und klopfte den Körper ab. »Es ist noch kein Organ beschädigt, die Lunge ist frei. Sie müssen jetzt keine Angst haben, wenn er so daliegt. So kann auch das Fieber durch die Haut besser abziehen. Gleich können Sie ihn wieder anziehen. Machen Sie das so weiter wie bisher. Ich gebe Ihnen noch ein Rezept mit.«

Auf dem Heimweg schrie mein Baby. Es hörte sich kräftiger an. Und ich war froh, dass es ihm besser ging. Er hatte Hunger und ich beeilte mich, nach Hause zu kommen. Joachim schlief noch. Es war noch Ruhe geboten und ich nahm Jan in den Arm und ging schnell in die Küche. Nachdem er getrunken hatte, schlief er sofort ein. So legte ich ihn wieder in sein Körbchen und bereitete das Mittagessen vor.

So vergingen die Tage. Jan meldete sich noch zweimal nachts. Nach drei Tagen war das Fieber wieder weg. Jeden Morgen badete ich ihn und er freute sich und strampelte im Wasser munter drauflos. Nach ca. drei Monaten merkte ich, dass er sehen konnte. Es war so wunderschön, die Entwicklung zu beobachten. Joachim meinte schon, er hätte ihn angelacht. Und er war vor Freude ganz happy.

Die folgenden Monate hatten wir unser Schlafzimmer hergerichtet. Das Zimmer wurde weitgehend geräumt, bis auf die Schlafcouch. Die alte Tapete habe ich abgezogen und Joachim hatte tapeziert. Dann fuhren wir zu einem Möbelhändler und suchten uns ein Schlafzimmer aus. Es war viel Aufregung und Arbeit. Wir waren froh, dass nun, bis auf den Flur, alles fertig war. Jans Bettchen stand nun auch im Schlafzimmer. Immer wenn wir in das Schlafzimmer zum Schlafen kamen, wurde Jan wach und fing an zu schreien. Bis er sich beruhigt hatte, dauerte es. So versuchte ich es, leise um die untere Bettkante herumzuschleichen. Auch das war erfolglos. Beim Einkaufen hatte ich in dem Spielwarenladen ein kleines Äffchen gesehen. Das hatte ich für Jan gekauft. Als ich es ihm zeigte, strampelte und lachte er vergnügt. Er nahm es und schmuste mit ihm. Es sah aus, als wollte er die Nase abbeißen. So hatte ich seinen Freund für die Nacht neben ihn gelegt. Als er wieder weinen wollte, gab ich ihm das Äffchen in seinen Arm und er war ruhig. Es war geschafft und wir konnten zufrieden einschlafen.

Da nun die Arbeiten in der Wohnung beendet waren, hatte ich wieder mehr Zeit für Jan. So ging ich bei schönem Wetter im naheliegenden Park spazieren. Ich setzte mich auch gern auf eine Parkbank und nahm Jan auf den Schoß. Er staunte über jeden Vogel. Und manchmal sahen wir auch ein Eichhörnchen. Jan streckte die Händchen aus und wollte es haben. Es war aber so schnell wieder weggesprungen. Wenn wir am See vorbeiliefen und die Enten schwimmen sahen, jauchzte er vor Freude.

Die schönen Sonnentage wurden immer weniger und der Herbst war nicht mehr weit. Bei Regenwetter blieben wir in der Wohnung. Spielsachen, die irgendwelche Töne machten, wie die Rassel, liebte er sehr. Aber kaum hatte er das Teil in der Hand, so hatte er es wieder fallen lassen und dann schrie er. Ich nahm ihn oft auf den Arm und ging dann mit ihm in der Wohnung spazieren. Von der Stube in die Küche, dann in das Schlafzimmer und wieder zurück. Ich freute mich, wenn Joachim zu Hause war und er sich Zeit für Jan nahm. Er spielte ihm dann oft auf seiner Flöte etwas vor. Dann lauschte und staunte er. Es dauerte aber meist nicht lange und er schlief ein.

Joachim war eine ganze Woche nachmittags zu Hause. Das gefiel mir sehr, so konnte ich vieles mit ihm besprechen. Nebenbei strickte ich für Jan oder Joachim nahm ein Buch und las ihm gern plattdeutsche Geschichten vor. »Joachim, unser Kind hat bald seinen ersten Geburtstag. Lass uns doch schon mal darüber reden.«»Das hat doch noch Zeit«, entgegnete er.»Ich kann ja Mutter und Erika Bescheid sagen und sie einladen.«»Ja, das ist das erste Mal, dass sie zu uns kommen. Sonst sind wir ja immer zu ihnen gefahren.«»Du wirst auch bald Erikas Mann, den Wolfgang, wiedersehen. Er ist schon mit seinem Schiff im Hamburger Hafen. Diesmal bleibt er länger. Er soll auch ein anderes Schiff bekommen«, erklärte Joachim.»Ich freue mich sehr. Auch für Erika und die Kinder. Die Familie ist endlich wieder vereint. Sonst war er ja immer nur sehr kurz hier und musste wieder weg.«

Nach ein paar Tagen klingelte es an der Wohnungstür. Ich setzte Jan auf die Decke und rannte zur Tür. Da waren Erika und Wolfgang.»Das ist ja eine Überraschung«, rief ich freudig.»Endlich ist der ewig Reisende wieder zu Hause.« Es wurde eine herzliche Begrüßung.»Kommt rein, ihr müsst unseren Jan sehen.«»Ich dachte, der kommt uns schon entgegen«, meinte Wolfgang lachend. Ich öffnete die Tür und ließ Erika und Wolfgang hinein. Wolfgang bückte sich und sagte zu Jan: »Ich habe dir etwas mitgebracht.« Jan lachte ihn an, als ob er es verstanden hätte. Er nahm ihn auf den Arm und setzte sich. Jan kam auf den Schoß. In der Hand hielt Wolfgang eine lustige Figur, einen Schrat. Jauchzend streckte Jan die Ärmchen aus und drückte ihn an sich. Wolfgang lachte.»Da habe ich wohl das Richtige für dich gefunden.« Als ich Jan am Abend in das Bett legte, gehörte natürlich sein neuer Freund dazu.

Monate vergingen. Jan fing an zu krabbeln. Es wurde langsam schwierig. Ich spielte gern mit ihm, aber ich konnte es nicht immer. War ich beim Essen zubereiten, kam er auch in der Küche in ein Laufgitter mitsamt seinen Spielsachen. Er konnte sich auch gut beschäftigen. Aber irgendwann wollte er nicht mehr und er fing an, seine Spielsachen über das Gitter zu werfen. Er schaffte es auch schon, sich am Gitter hochzuziehen. Wenn er nichts mehr zu spielen hatte, nörgelte er. Und so wiederholte er das, bis ich ihn herausnahm. Dann war meist Mittagszeit und er wurde nach dem Essen zum Mittagsschlaf gebracht. In dieser Zeit hatte ich meine Ruhe und ich konnte etwas schaffen. Danach machten wir unseren Spaziergang. Wenn es sehr kalt war, fiel er kürzer aus.

Weihnachten stand vor der Tür. Alles wurde vorbereitet. Es war schon das zweite. Aber dieses Mal hatte Jan es bewusst wahrgenommen. Es war so herrlich anzusehen, wie er den Baum mit großen Augen ansah und mit seinen Fingerchen zeigte und »da, da« sagte. Wir genossen jeden Augenblick. Das war für Joachim und mich das Schönste an diesem Weihnachten.

Jan entwickelte sich prächtig. Inzwischen war Sommer geworden und er kam oft in den Sport-Kinderwagen, wo er sitzen konnte. Er lief auch gerne, aber wenn ich etwas besorgen musste, war es zu langsam. Beim Laufen nahm er immer gern meine Hand. Nur in der Wohnung nicht. Mir fiel auf, dass er im Sport-Kinderwagen immer zur rechten Seite rutschte. Ich setzte ihn wieder in gerade Position. Aber er rutschte immer wieder rechts ab. Ich ging zu einem Orthopäden, der eine Krümmung in der Wirbelsäule feststellte. »Ihr Sohn muss in eine Gipsschale. Er muss nachts darin liegen.« Mich beschlich ein unbehagliches Gefühl. »Er kann sich darin nicht bewegen?«, fragte ich mit einem unsicheren und ängstlichen Blick. »Nein, die Schale hat über Kreuz einen Gurt, damit er sich nicht bewegen kann«, meinte er lapidar.

Als Joachim nach Hause kam, erzählte ich es ihm. »Unser armer kleiner Jan.« Er nahm mich in den Arm und tröstete mich. »Vielleicht ist es leichter, als wir denken«, meinte Joachim, um mich aufzumuntern. So verging eine Zeit. Dann bekam ich die Nachricht, ich solle die Schale abholen. Als ich ihn am Abend hineinlegte, sah mich Jan an und sagte: »Mama«. Mir zersprang bald das Herz. Ich streichelte ihn, gab ihm einen Kuss und sagte: »Mama ist doch da«. Die Schlummerlampe ließ ich an und ging raus. Es kam eine schlimme Zeit. Er schrie jede Nacht ein paarmal. Selbst kam ich kaum zum Schlafen. Einmal hatte er sich mitsamt der Schale auf den Bauch gelegt. Ich dachte, er erstickt. Ein anderes Mal war er in der Schale runtergerutscht und das Bänderkreuz war unter seinem Kinn. Ich bekam Angst, dass er sich so strangulieren könnte.

In dieser Zeit kam Joachim nach Hause und sagte: »Mir wurde eine zweieinhalb Zimmer Wohnung in Jenfeld angeboten. Die Häuser wurden neu gebaut und sind Behördenwohnungen. Für uns sind sie günstiger zu erwerben.« Ich hatte dazu ganz entschieden »Nein« gesagt. »Wir sind jetzt gerade fertig mit dieser Wohnung.« »Wenn ich jetzt nein sage, müssen wir wohl lange auf eine größere Wohnung warten«, meinte Joachim etwas traurig. Ich brauchte erst einmal Zeit, bis ich vernünftig darüber nachdenken konnte. Dann sagte ich, auf ein wiederholtes Bitten von Joachim hin, zu.

Den Umzug hatten wir sehr schnell organisiert. Ein Onkel, der Tischler war, half uns dabei. Der Kleiderschrank im Schlafzimmer wurde von ihm abgebaut und in der neuen Wohnung wieder aufgebaut und ebenso auch die Betten. Im Kinderzimmer wurde ein Teppich gelegt und in der Wohnstube auch. Die Möbel für das Kinderzimmer wurden bestellt und sie kamen auch pünktlich. Die Kücheneinrichtung war schon in der Wohnung. So mussten wir die Kücheneinrichtung unserer alten Wohnung separat verkaufen, weil die neuen Mieter sie nicht haben wollten. Bis alles fertig war, sind wir immer fleißig hin- und hergefahren. Glücklich waren wir, als alles wohnlich hergerichtet war und ich mich wieder mehr um Jan kümmern konnte. Im Haus unserer alten Wohnung hatte ich ihn bei einem älteren Ehepaar abgegeben. Die beiden waren froh, dass sie Jan über den Tag betreuen konnten.

So verging ein halbes Jahr. Die Gipsschale blieb immer ein großes Problem. Jede Nacht rief Jan nach mir. Wenn ich nicht gleich am Bett stand, weinte er. Ich konnte mir das nicht mehr ansehen und hatte ihn in der zweiten Nachthälfte aus der Schale genommen.

In Jenfeld hatte ich einen guten Orthopäden gefunden. Der sagte: »Der Junge muss aus der Gipsschale. Da bin ich kein Freund von. Er muss jeden Tag hier in der Praxis turnen. Ich habe eine sehr gute Therapeutin.« Ich war sehr erleichtert. Die Praxis war ganz in unserer Nähe. Hatten wir doch endlich wieder unsere Nachtruhe. Die Therapeutin, Frau Range, hatte es sehr gut verstanden, mit Jan die Übungen so zu machen, so hatte er auch Spaß gehabt. Einmal kitzelte sie ihn durch oder sprach mit ihm. Er merkte wohl manchmal nicht, dass er so nebenbei seine Übungen machte. Er ging gern zu Frau Range.

Nach einem Vierteljahr wurden die Anwendungen auf dreimal wöchentlich reduziert, dann zweimal und dann einmal. Nach einem Jahr hatte der Arzt Jan wieder untersucht. Anschließend sah er mich zufrieden an und lächelte. »Ich bringe Ihnen eine gute Botschaft. Die Wirbelsäule ist gerade. Aber ich empfehle Ihnen, nach einem Jahr sollte er zum Schwimmunterricht. Dann ist er vier Jahre alt. In diesem Jahr rate ich Ihnen, dass er in meiner Praxis weiter turnt.« »Wann sollte das losgehen? In der nächsten Woche fahren wir in den Urlaub.« »Danach kommen Sie bitte mit Jan. Termine bekommen Sie von Frau Range. Turnen sollte er einmal in der Woche.«

Zufrieden ging ich mit Jan wieder nach Hause. Jan sagte etwas traurig: »Will wieder zu Frau Range, sie weint, wenn ich nicht mehr pomme.« Er konnte das »K« noch nicht sprechen. »Aber du kommst nach unserem Urlaub wieder zu Frau Range und darfst mit ihr turnen.« Freudig hopste er um mich herum und sang: »La, la, la.«

Joachim war schon zu Hause und öffnete uns die Tür. Jan freute sich immer, wenn sein Papa da war. Er erzählte ihm, dass er bald wieder zu Frau Range geht. Aber sein Wortschatz reichte noch nicht und Joachim hob die Schulter und sah mich an. Ich erklärte ihm, wie es mit Jan in Zukunft weitergehen sollte und er war zufrieden. »Die Muskulatur muss noch gestärkt werden, nicht wahr?« Ich nickte ihm zu. »Nun will ich den Urlaub vorbereiten. Ich freue mich schon auf unser Zusammensein mit Roland und Familie in Dänemark. Da können die Kinder im Sand spielen und im Wasser planschen.«

Wir hatten einen Bungalow gemietet, ganz in der Nähe zur Ostsee. Jan war total aufgeregt. Er schleppte jede Menge Sachen heran, die ich nicht brauchte. Ich blickte aus dem Fenster. »Ich sehe so viele Kinder, die im Sand spielen.« Jan sah nach und war begeistert. Er nahm seine kleine Schaufel und wollte buddeln. Schön war es, dass die große Sandkiste direkt vor unserem Fenster lag. So konnte ich ihn immer sehen und nebenbei Dinge für unseren ersten Urlaub als Familie packen.

Das Telefon klingelte. Roland war am Apparat. »Wir haben fertig gepackt und fahren jetzt los.« »Zum Mittag kann ich euch noch etwas anbieten«, entgegnete ich. Roland wehrte ab: »Ich habe die Gefriertasche voller Bratwürste. Wenn wir ankommen, gibt es Kartoffelsalat und Wurst.« »Oh, da freuen wir uns alle darauf.« Schnell beendete Roland das Gespräch.

Roland war gut und ohne Stau in Hamburg angekommen. Wir waren alle sehr glücklich, uns wiederzusehen. Aber Roland wollte, dass es gleich weitergeht. Wir hatten auch unser Auto gepackt. Unser jetziges war etwas größer und geräumiger. Wir hatten uns einen guten gebrauchten Opel geleistet.

Joachim fuhr voran und wir erreichten auch bald Dänemark. Ich hatte die Karte vor mir und gab die Richtung an. »Wir müssen rechts bleiben, Joachim.« Er fuhr aber so weiter. Die nächste Abbiegung nahm er sehr schnell nach rechts. Roland konnte aber nicht so schnell nachkommen und fuhr geradeaus weiter. Joachim hatte wohl zu spät geblinkt. »Jetzt haben wir den Roland abgehängt. Der ist nicht mehr hinter uns.« »Wir sind ja gleich da«, meinte Joachim gleichgültig. »Er wird die nächste Abbiegung nehmen«, beruhigte er mich. Wir fuhren noch auf einer kleinen Straße entlang und sahen einen kleinen Bungalow. »Oh, wir sind da«, rief ich begeistert. »Nach dem Bild, was uns der Eigentümer geschickt hat, müsste es das sein«, bestätigte es Joachim. Und richtig, es war unser Häuschen für zwei Wochen. Jan schlief die ganze Zeit und wachte nun auch auf. »Mutti, ist doch kein Wasser da.« »Hier wohnen wir. Zum Wasser müssen wir ein Stück laufen.« »Joachim, du musst bitte noch Roland suchen.« Wir nahmen schnell alles aus dem Auto und er fuhr los.

Es dauerte lange. Es dunkelte schon etwas und die beiden Männer kamen nicht. Ich wurde unruhig und bekam Angst. Jan fragte dauernd: »Wo ist Papa?« Das steigerte meine Angst noch mehr. Dann endlich sah ich Lichter am Ende der Straße aufblitzen. »Vielleicht ist das nur der Eigentümer«, dachte ich. Das Fahrzeug kam näher und ich sah, dahinter fuhr noch ein Auto. Ich war überglücklich. Ich nahm meinen Jan auf den Arm und küsste ihn. »Jetzt kommt Papa, mein Schatz.« Jan zappelte auf dem Arm. Er wollte runter. Er rannte zu seinem Papa und er hob vor Freude die Arme. Aber sein Papa reagierte nur mit einem Streicheln über dem Kopf. Er war schlecht gelaunt. Roland stieg aus seinem Auto und sein Gesicht war genauso finster. Er schimpfte immer noch, konnte sich nicht beruhigen.

»Das Grillen müssen wir auf morgen verschieben.« Ich ging zu Roland und Rita. »Ich habe genug Brot und Käse dabei, auch

Tomaten und Gurke. Wir könnten doch so auch sehr gut zusammen essen«, wollte ich damit alle beruhigen. »Danke, Inge, Rita hat auch alles dabei.« Rita sah mich etwas traurig an, sagte aber nichts. Als ich in das kleine Schlafzimmer kam, lag Joachim in dem unteren Bett. Er tat so, als schliefe er. Ich machte für Jan das Abendessen fertig. Dann wurde er gewaschen und anschließend rannte er zum Schlafen mit einem Hops auf sein Ersatzbett, einer Liege, neben unserem Etagenbett. Ich schlief im oberen Etagenbett. Es war nicht fest in der Wand verdübelt und wackelte bei jeder Bewegung. Das machte mir Angst und ich dachte, hoffentlich geht das alles gut. In dieser Nacht hatte ich kaum geschlafen.

In der Früh kam Roland aus dem Schlafzimmer. Seine Laune vom Vorabend war noch die gleiche. »In dem oberen Etagenbett kann man nicht schlafen, das schwankt ja, wie ein Schiff auf hoher See.« »Bei uns ist das nicht anders. Es tut mir leid.« »Die nächste Nacht schlafe ich mit Rita auf der Doppelbett-Couch im Wohnzimmer. Wir wechseln uns ab. Also morgen seid ihr dran. Was habt ihr da bloß gemietet?« Roland schüttelte den Kopf.

»Du kannst die Couch während unseres Urlaubs weiter benutzen. Wir bleiben in unserem Zimmer. Nun mach doch bitte ein anderes Gesicht, Bruderherz. Das kann man doch vorher nicht wissen. Machen wir das Beste daraus.« So wollte ich die Lage etwas schlichten. Es schien so, als wäre mir das auch gelungen. Roland sah mich an und lächelte. »Nun will ich den nächsten Trotzkopf von seinem Dauerschlaf befreien, damit wir gemeinsam frühstücken. Danach könnten wir doch mal zum Strand laufen. Es bleibt heute bestimmt schönes Wetter. Da freuen sich besonders unsere Kinder.« »Wir kommen etwas später nach, Rita braucht noch etwas aus dem nächsten Ort.« Joachim fand den Strandaufenthalt gut. So liefen wir durch den Wald. Ich hatte den Rucksack mit, wo wir etwas Essen und Trinken hineingetan hatten. Als wir am Wasser waren, merkten wir einen ziemlich starken und frischen Wind. Joachim meinte: »Wir sollten ein Loch schaufeln. Wir legen uns hinein, dann merkt man den Wind nicht so.« »Ich bleibe aber dann erst einmal oben sitzen, werde Jan beobachten. Wenn Sabine hier ist, werden die beiden spielen und ich lege mich dann auch mit zu.« Als Roland kam, buddelten sie auch eine Grube ein Stück von uns ab. Ich wunderte mich, aber die Kinder hatten ihre Freude daran. Sie rannten ständig hin und her und lachten von oben herunter.

Als wir am späten Nachmittag zum Haus liefen, wurde gegrillt. Anschließend gingen wir in das Haus, weil wir froren. Wir hatten die Heizung aufgedreht, die allerdings kalt blieb. Joachim meinte, »ich rufe den Besitzer an.« Aber da meldete sich keiner. Roland sah den Kamin. »Wir machen den Kamin an. Im Wald finden wir genug Holz.« Alle waren sie begeistert, besonders die Kinder. Es fehlte nur ein Korb. So gingen wir um das Haus herum und fanden auch einen, sogar mit Trageriemen. Roland nahm ihn auf den Rücken und los ging es. Schnell hatten wir genügend Brennholz beisammen. Der Kamin hatte eine große Feuerstelle und es wurde schnell warm. Und die Gemüter von den beiden Männern auch. Das Bier schmeckte, während wir Frauen die Kinder zu Bett brachten. Als wir dazu kamen, sahen wir auf dem orangenfarbenen Teppich lauter Brandstellen. »Oh weh, was wird der Eigentümer sagen?« Ängstlich sah ich zu den Männern hin. »Den rufen wir jetzt lieber nicht mehr an«, lachte Roland und hob die Schultern. Joachim meinte, »da müsste ja auch wegen dem Funkenflug ein Gitter vor.«

Trotz der kleinen Widrigkeiten hatten wir doch noch einen netten Urlaub verbracht. An unserem Abreisetag kam der Vermieter. »Ach wie schön, dass wir Sie noch kennenlernen«, sagte ich lächelnd ironisch. Joachim nannte die Mängel. Aber der Vermieter winkte nur lässig ab und wünschte uns eine gute Heimfahrt. Roland und Joachim bezahlten die Unterkunft und wir gingen weg.

Am Auto angekommen, fragte Joachim. »Kommt ihr denn noch einmal mit zu uns?« »Nein, wir wollen gleich durchfahren«, meinten Roland und Rita. »Die Arbeit wartet auf uns.« »Das Verhalten des Vermieters fand ich ja sehr komisch. Damit haben wir wohl alle nicht gerechnet. Ich bin sehr froh, dass das so ausgegangen ist«, grinste Rita. »Ja, du hast Recht«, sagte ich. Und wir nickten dazu. Nun verabschiedeten wir uns und wünschten eine gute Heimfahrt. Wir stiegen in die Autos und winkten uns noch einmal zu. Roland brauste schnell davon.

Wieder zu Hause, wartete auch die Arbeit auf uns. Jan wollte draußen bleiben und mit seinen Freunden spielen und wir holten die Koffer aus dem Auto. Joachim interessierte sich für die Post im Briefkasten. Als alles einigermaßen gerichtet war und wir vor dem mitgebrachten Essen am Abendbrottisch saßen, waren wir doch wieder froh, in unserer Wohnung zu sein und in unseren eigenen Betten zu schlafen.

Unser Leben hatte wieder den normalen Ablauf gefunden. Joachims Schichtdienst war wegen Jan schwierig geworden. Er meinte, wir wären zu laut und er könne nicht schlafen. Zu den wärmeren Jahreszeiten gingen wir in den Park oder ich kaufte ein. Aber das konnten wir auch nicht stundenlang. Ein Kind kann eben auch nicht flüstern. Zur kalten Jahreszeit gingen wir in das Einkaufszentrum oder Jan besuchte seinen Freund in der Nachbarschaft. Dann hatte ich erfahren, dass ein Kindergartenplatz frei geworden sei. So gab es kein Problem mehr und Joachim konnte am Vormittag schlafen. Ein paar Mal sind wir bei schönem Wetter Drachensteigen gegangen. Das gefiel Jan sehr. So hatten wir ein zufriedenes Leben und den Kindergarten fand Jan auch toll.

Wir erreichen das Ziel unseres Lebens

Jan, trinke bitte deinen Kakao und iss ein Stück Brot. Du musst zur Schule.« Jan trank ein wenig. »Ich habe keinen Hunger, Mutti.« »Nur ein Stück, du kannst ja sonst keinen Sport mitmachen«, sagte ich und sah ihn etwas besorgt an. Er aß ein Stück. Der Schulranzen kam dann auf den Rücken. Den Turnbeutel nahm er mit. Er turnte mit großer Begeisterung. »Komm, Mutti, wir müssen gehen.« Seit einem Monat ging er nun zur Schule, wo ich ihn wegen der befahrenen Straßen noch auf dem Schulweg begleitete, um zu sehen, dass er überall gut aufpasste, lief ich hinter ihm. Beim Verabschieden sagte Jan stolz: »Ich kann jetzt allein laufen. Mache doch alles richtig.« Ich lachte und gab ihm Recht. Er bekam einen Kuss und im Weggehen winkte ich. Dabei sah ich, dass er den Kuss wieder wegwischte. »Aha«, dachte ich, »er wird doch schon ein großer Junge« und sah den Fehler ein. Ich musste meine Verhaltensweise ändern.

Wenn Jan aus der Schule kam, hatte er, wie immer, großen Hunger. Dabei erzählte er, dass Peter, der in der Klasse neben ihm saß, sich einen Vogel zum Geburtstag wünschte. »Ich wünsche mir das auch, Mutti.« »Ich denke, du wolltest eine Eisenbahn«, lenkte ich ab. »Die wünsche ich mir zu Weihnachten.«

Jan lachte und hopste vom Esstisch weg. »Ich habe heute ein Wort an die Tafel geschrieben. Die Lehrerin sagte, dass ich das gut gemacht habe.« Dabei sah er mich mit seinen großen braunen Augen erwartungsvoll an. Darüber freute ich mich mit ihm und streichelte ihm die Wange. »Dafür bekommst du auch einen Kuss, das sieht ja jetzt niemand.« Er sah mich an und grinste verschmitzt. »Vielleicht bekomme ich ja doch bald einen Piepmatz.« »Dann wirst du auch den Papa fragen, der kommt nachher.« Jan nickte, ging an seinen kleinen Tisch und holte ein Heft heraus. »Ich mache jetzt meine Schularbeiten und dann male ich.« Ich erkundigte mich, was er wohl schreiben wird. Er zeigte mir Bilder, die einen Strich bekommen hatten. Baum, Wind und Auto. »Das schreibe erst einmal auf ein Blatt, damit ich sehe, ob du das richtig geschrieben hast.« Als Jan mit allem fertig war, zeigte er mir, was er gemalt hatte. Es war ein Vogel. »Den zeige ich dem Papa, wenn er bald hier ist.« Erst einmal klingelte es an der Wohnungstür und da stand seine kleine Freundin, die im Haus wohnte und mit ihm spielen wollte. »Anja, ich habe Seifenblasen. Wir gehen raus und du darfst auch mal pusten.« Und schon waren sie weg und der Vogel war fürs Erste vergessen.

Joachim war nach Hause gekommen. Er ruhte ein wenig, denn er war schon sehr früh zum Dienst gefahren. Jan klingelte an der Tür. »Ist jetzt Papa da? Dann gehe ich gleich zu ihm.« »Warte noch ein wenig, Jan. Er ruht sich gerade aus. In der Zeit wäscht du dir die Hände und du bist so lieb und hilfst mir, das Essen für das Abendbrot auf den Tisch zu bringen.« Jan holte aber zuerst seine Zeichnung und legte das Blatt auf Joachims Platz.

Als Joachim kam, nahm er Jan in die Arme. »Wie war das heute in der Schule?« Jan befreite sich aber schnell von der Umarmung und schlug vor Aufregung seine Beine über Kreuz. Er zeigte auf Papas Platz. »Ja, was ist das denn? Du hast mir ja ein Bild gemalt mit einem Vogel.« »Ja, Papa, den wünsche ich mir zu meinem Geburtstag.« Joachim musste grinsen. »Wie kommst du denn auf so einen Wunsch? Hast du denn einen Platz für ihn?« »Der darf in meinem Zimmer wohnen, Papa.«

Joachim war tief versunken in Gedanken und er merkte nicht, dass ich zum Essen rief. Ich ging zu ihm. »Was ist los, dich quält doch etwas?« »Am Auto müssen die Reifen gewechselt werden. Der Urlaub am Attersee hat die Reserven genommen.« Joachim machte ein bekümmertes Gesicht. Als wir schlafen gingen, lag ich lange wach. Musste nun auch über das Geld nachdenken. »Ich werde mir eine Arbeit suchen für drei Tage. Jan ist nun schon so selbstständig, dass er allein zur Schule gehen kann. Wenn er von der Schule kommt, könnte er zu einem befreundeten Ehepaar in der Nachbarschaft, die auch zwei Jungs haben. Ich könnte sie fragen und bei ihnen unsere Wohnungsschlüssel abgeben. Dann kann Jan auch in unsere Wohnung. Wenn Joachim im Hause ist, ist ja Jan gut aufgehoben.« Trotzdem bekam ich ein schlechtes Gewissen, dass ich Jan allein lassen musste. Die Nacht verging und ich hatte kaum geschlafen.

Nachdem ich eine Annonce aufgegeben hatte, meldeten sich drei Firmen. Ich rief die erste an. Eine große bekannte Firma. Es meldete sich ein netter Mann und sagte: »Wir können besser miteinander reden, wenn Sie vorbeikommen.« Ich sagte zu und wir machten einen Termin für den nächsten Tag fest.

Puh, nach dem kurzen Gespräch holte ich tief Luft und setzte mich. Joachim war zu Hause und er bastelte im Keller. Ich ging zu ihm und berichtete ihm von meinem Telefonat. Er sah mich an und lächelte und nahm mich in die Arme. »Du musst keine Angst haben, der Kopf bleibt drauf.« »Ja, ich habe sonst noch zwei andere Firmen, die ich noch anrufen könnte. Habe aber ein gutes Gefühl mit dieser Firma.« »Ja, dann mach das so. Für wann hast du den Gesprächstermin?« »Für morgen früh,

10:00 Uhr.« »Das ist gut. Ich habe Spätdienst und kann auch Jan von der Schule abholen.«

Am nächsten Tag war ich zum Gespräch zu früh da und lief noch etwas vor dem Firmengebäude hin und her. Das fiel dem Pförtner auf und er fragte mich, ob ich auf jemanden wartete. »Nein, ich habe einen Termin und bin zu früh da.« Der Mann lachte und fragte, zu wem ich wollte. Nachdem ich ihm den Namen nannte, sagte er: »Ich rufe da an und frage, ob Sie jetzt kommen können.« Ich bedankte mich und es ging nun ganz schnell und ich war im Zimmer von Herrn Beckmann.

Er saß am Schreibtisch und blickte auf, als ich eintrat. Lächelnd kam er zu mir, gab mir die Hand und zeigte auf einen Stuhl. »Setzen Sie sich, so kann man besser reden.« Alle Angst war von mir gewichen und ich erzählte ihm, wonach er fragte, auch sprach ich meinen Gehaltswunsch aus. Ich bekam sogar noch etwas mehr, als ich mir vorgestellt hatte.

»Gut, Sie Thüringer Mädchen, Sie können bei uns anfangen.« »Ich habe doch noch ein Anliegen. Ich kann erst einmal nur drei Tage arbeiten. Habe ein Kind. Er ist in die erste Klasse gekommen.« »Ja, das ist auch in Ordnung. Ich zeige Ihnen jetzt noch Ihren Arbeitsplatz.« Das Zimmer war klein und mit einem großen Glasfenster von einem großen Raum getrennt. Die Leute in dem großen Raum lachten mir freundlich entgegen und ich war glücklich. Meine Tätigkeit wurde mir erklärt und ich sagte zum Beginn für den nächsten Monat zu. Zufrieden gab ich Herrn Beckmann die Hand und bedankte mich. Beim Weggehen sagte ich zu den Leuten noch freundlich »tschüss«. Als ich aus dem Haus zum Bus lief, hätte ich am liebsten vor Freude einen Luftsprung gemacht. »Wie schön«, dachte ich. Ich werde Geld verdienen.

Als ich nach Hause kam, stand Joachim am Herd. Ein ungewohntes Bild, dass er mir beim Kochen half. Auch darüber freute ich mich. Ich lachte ihn an, ging zu ihm hin und umarmte ihn und Jan. »Erzähl, wie war es?« Joachim sah mich gespannt an. Und ich erzählte ihm alles noch ganz aufgeregt. Joachim sah zu Jan. »Mutti wird bald arbeiten und Geld verdienen.« »Hast du dann keine Zeit mehr für mich?« Besorgt sah mich Jan an. »Du musst keine Angst haben, Papa und ich sind immer für dich da. Ich arbeite auch nur drei Tage in der Woche und du wirst ja auch zur Schule gehen, das ist deine Arbeit.« Jan grinste und das Problem war für ihn erledigt.

Ich hatte den ersten Monat gearbeitet und war zufrieden. Anfangs wollte das zu Hause nicht so recht klappen. Aber dann hatte sich alles recht gut eingespielt. Das befreundete Ehepaar hatte auch einen gleichaltrigen Sohn. Er und Jan waren in einer Klasse und gingen jeden Morgen zusammen zur Schule.

Nur noch zwei Wochen und Jan hatte Geburtstag. Im Kalender hatte er jeden Tag mit einem dicken Strich abgeschrieben. Seinen Papa hatte er erinnert. »Du hast aber nicht vergessen, was ich mir gewünscht habe?« Joachim wollte ihn ein bisschen ärgern. »Das war doch wohl eine Flöte.« »Nein, ein Piepmatz, Papa.« Joachim lachte, er streichelte Jan und küsste ihn. »Ja natürlich, dass ich das vergessen habe.« Am nächsten Tag besorgte Joachim alles. Im Zoogeschäft suchte er einen Wellensittich aus und sagte, dass er ihn zum Geburtstag seines Sohnes abhole. Dann holte er noch einen sehr schönen Vogelbauer. Den brachte er gleich mit und versteckte ihn im Kleiderschrank. Ich hatte mit Einkaufen und Backen zu tun.

Jans großer Tag kam und er war total aufgeregt. Der Frühstückstisch war gedeckt und sein Platz war mit Blumen geschmückt und das *Schwarzer Peter*-Spiel lag daneben. Das hatte er sich auch gewünscht. Er sah sich um und suchte sein Vögelchen. Traurig sah er seinen Papa an und dann sah er zu mir. Da nahm Joachim Jan an die Hand und sagte: »Wir gehen mal in die Wohnstube.« »Mutti, du kommst auch mit.« Voller Erwartung sah Jan zur Stubentür und öffnete. Da stand etwas auf dem Tisch und war abgedeckt. »Du musst das Tuch jetzt langsam abnehmen, dann hat auch einer ausgeschlafen.« Jan machte das auch sehr vorsichtig und er sah endlich seinen Vogel, wie er munter von einer Stange zur anderen hopste und piepste. Er redete mit ihm so lieb, dass mir die Tränen kamen. Ich fragte, wie er denn heißen solle. »Vielleicht Butchi oder Hansi? »Ja, Butchi ist gut, Mutti, der gefällt mir auch.« Ich sah zur Uhr und erinnerte Jan, dass er zur Schule gehen musste. »Heute Nachmittag kommen ja deine Freunde zur Feier und morgen kommen Oma und Tante Erika.« »Oh fein, da freue ich mich«, Jan nickt eifrig mit dem Kopf.

Joachim hatte für den Vogel eine sehr schöne Vorrichtung aus Bambusstangen gebaut. Dort wurde der Käfig eingehängt. Sie war stabil und konnte auch nicht umfallen. Vorsichtshalber stand sie in Jans Zimmer in der Ecke. Er konnte ihn so gut beobachten und er war sehr zufrieden. Zur Belohnung gab Jan seinem Papa einen dicken Kuss. Nach der Schule wollte er nicht mehr bei den Nachbarn bleiben. Sein Butchi sollte nicht so lange allein sein. Gern machte er das Türchen am Bauer auf, so dass der Vogel mehr Freiheiten hatte. Es machte ihm große Freude, wenn der Vogel an seinem Schrank auf dem Bord die vielen kleinen Dinge, die dastanden, mit seinem Schnabel bis zur Kante schob, sodass sie herunterfielen.

So vergingen Wochen. Jan hustete ständig. Ich wunderte mich. Er hatte sonst nie eine Erkältung gehabt. So ging das einige Zeit, bis er nachts einen Hustenanfall bekam. Ich ging zu ihm. Da lag er und rang nach Luft. Ich machte das Fenster auf und legte seinen Kopf in meinen Arm. Ich streichelte Jan und er beruhigte sich wieder und schlief ein.

Das wiederholte sich und ich ging mit ihm zum Arzt. Er konnte aber nichts Ernsthaftes feststellen. Er bekam Hustentropfen. Die sollte ich ihm geben, wenn er wieder so viel husten musste. Meine Bedenken äußerte ich und sagte: »Herr Doktor, Jan bekommt auch nachts sehr schwer Luft.« Aber auch darauf wiederholte er nur, dass er die Tropfen nehmen solle. Ich gab ihm die Tropfen und der Husten tagsüber wurde besser. Aber nachts wurde die Luftnot schlimmer.

Das ging so, bis eines Tages der befreundete Nachbar zu mir kam. »Hör mal Inge, du solltest mit Jan zu einem Allergologen gehen. Ich weiß, dass die Schuppen von dem Vogel eine Allergie auslösen können. Ich kenne einen guten Arzt in Wandsbek. Seine Telefonnummer habe ich dir hier auf den Zettel geschrieben.« Er gab ihn mir und ich bedankte mich. »Ich werde ihn gleich anrufen und um einen Termin bitten. Was mache ich nur, wenn es tatsächlich an dem Vogel liegt? Er liebt sein Vögelchen über alles.« »Geh erst mal hin. Alles andere wird sich finden«, beruhigte mich unser Freund.

Ich rief bei dem Arzt an und schilderte den Grund. Er gab mir sehr schnell einen Termin. Zwei Tage später war ich mit Jan in der Praxis. Nach der Untersuchung hörte ich die Diagnose. »Ihr Sohn hat eine sehr starke Allergie gegen den Vogel. Er hat Asthma bekommen. Der Vogel muss aus dem Zimmer. Ich verschreibe Ihnen ein Inhaliergerät und er muss jeden Tag inhalieren.«

Als wir die Arztpraxis verließen, fragte mich Jan: »Mutti, was ist inhalieren?« »Wir gehen jetzt zur Apotheke und holen das Gerät. Zu Hause erkläre ich dir alles. Dein Piepmatz verursacht deine Luftnot durch seine Schuppen, die überall im Zimmer sind. Dein Butchi wird in Zukunft in der Küche sein.« Jan wurde traurig und er fragte auch nicht mehr. Ich streichelte ihm die Wange. »Wir wollen dir nur helfen, damit es dir hoffentlich bald besser geht, mein Schatz.«

Ich war selbst bei einem Arzt in Behandlung und musste ihn abermals aufsuchen. Man sagte, dass ich operiert werden müsse. Ich sollte mir vom Krankenhaus den Bescheid erfragen, wann ich kommen soll. Ich war total von Angst getrieben. Jan konnte ich doch nicht allein lassen. Als Joachim nach Hause kam, erzählte ich ihm alles. Er war sehr erschrocken und meinte: »Da muss meine Mutter kommen.« Sie kam auch, aber sie fühlte sich selbst nicht gut, weil sie Nierensteine hatte. Jans Problem hatte sich auch nicht gebessert.

Als ich im Krankenhaus ankam, wurde ich noch einmal untersucht. Der Arzt merkte meine Unruhe und er fragte nach. »Sie kommen jetzt auf Ihr Zimmer und bekommen eine Beruhigungsspritze. Morgen werden Sie operiert, damit Sie bald wieder bei Ihrem Sohn sein können.« Ein paar Tage nach der Operation besuchte mich Joachim und brachte Jan mit. Ich erschrak. Er war sehr blass. Das Luftholen fiel ihm schwer. Ich sah verzweifelt Joachim an. Er streichelte meine Hand und sagte: »Er hat den Vogel wieder aus dem Käfig gelassen.« Ich sah wieder zu Jan. »Du wirst gleich, wenn ihr zu Hause seid, inhalieren. Und den Butchi darfst du nicht draußen fliegen lassen.« »Der ist dann aber sehr traurig, Mutti.« Ich richtete mich auf, so gut es ging, und küsste ihn. Ich war den Tränen nahe. Joachim verabschiedete sich. Jan sah mich an. »Du musst bald kommen, Mutti.« »Ja, ich versuche es, versprochen.« Als die beiden aus dem Zimmer waren, weinte ich bitterlich. Und die beiden anderen Frauen im Zimmer versuchten, mich zu beruhigen. Am nächsten Tag, am frühen Morgen, stand ich auf. Noch sehr wacklig auf den Beinen, ging ich im Haus zur nächsten Telefonanlage und rief zu Hause an. Aber da nahm niemand ab. »Schwiegermutter müsste doch da sein. Ob sie nicht zum Telefon konnte, weil sie mit Jan beschäftigt war? Bestimmt hatte er wieder eine schlechte Nacht gehabt.« Voller Sorgen ging ich wieder zurück, konnte nicht mehr stehen. In dieser Zeit kam wieder Joachim. Er war erschrocken, weil ich nicht im Bett war. Dann kam ich. »Wie geht es Jan? Warum geht keiner an das Telefon?« Joachim war sichtlich verlegen. »Wir waren mit Jan an der frischen Luft.« »Dann ging es ihm wohl schlecht. Du musst mit ihm zum Arzt, so geht das nicht weiter.« »Ich muss auch gleich wieder gehen. Wann wirst du denn nach Hause kommen?« »Ich hoffe am Anfang der nächsten Woche. Die Fäden müssen erst raus. Joachim, geh bitte wieder zu Jan.« Er verabschiedete sich und ging verstört aus der Tür.

Die beiden Frauen sahen mich mitleidig an. Das wollte ich auch nicht. Also legte ich mich auf die andere Seite und sprach kein Wort. Als der Arzt kam, fragte er nach meinem Befinden. Ich zuckte mit den Schultern: »Wann kann ich nach Hause?« »Voraussichtlich nächste Woche«, sagte der Arzt lakonisch. Nachmittags konnten wohl die Frauen meine Traurigkeit nicht mehr ertragen. »Wir müssen Ihnen was sagen. Ihr Mann hat mit dem Arzt gesprochen und gesagt, dass er heute Ihren Sohn in das Kinderkrankenhaus gebracht hat. Der Arzt wollte aber nicht, dass Sie es erfahren. Wir finden, das ist falsch. Ihr Sohn hat ja jetzt die richtige Pflege.« »Ja, Sie haben Recht. Vielen Dank. Das ist eine große Erleichterung.«

Die neue Woche begann. Als die Ärzte zur Visite kamen, sagte man mir, dass ich nach Hause dürfe. »Sie werden noch einmal untersucht und bekommen dann Ihre Papiere für den Hausarzt.« Ich war so glücklich. Ich lief wieder zur Telefonanlage und rief Joachim an. Ich hörte eine total verschlafene Stimme und es tat mir leid. »Joachim, entschuldige bitte, du hattest Nachtdienst. Ich darf nach Hause. Ich bekomme nur noch eine

Abschlussuntersuchung. Kannst du mich am späten Nachmittag abholen?« »Das ist ja schön. Aber nun möchte ich weiterschlafen. Ich komme gegen 17:00 Uhr.« »Danke, mein lieber Joachim.« Ich lief zurück, noch immer auf wackeligen Beinen.

Das Ergebnis der Untersuchung war in Ordnung. Und die Papiere bekam ich auch. In den Koffer wurde noch alles verstaut. Ich war so aufgeregt und konnte meine Freude kaum bremsen. Die Wartezeit war nicht sehr lang. Joachim kam früher. Nun verabschiedete ich mich noch von den Frauen und wir versprachen uns gegenseitige Anrufe.

Zu Hause angekommen, hörte ich den Vogel piepsen. »Joachim, was machen wir denn nur? Der Vogel müsste weg. Aber das würde uns Jan nie verzeihen.« »Warte erst einmal ab. Man sagte mir, dass Jan vom Krankenhaus direkt nach Norderney gebracht werden soll. Er soll doch wieder gesund werden.« »Und wie lange soll er bleiben?« Ich war total erschrocken. Es gab ja einiges vorzubereiten. »Ich glaube, er soll zwölf Wochen bleiben.« »So lange?« Ich sah ihn ungläubig an. »Die Nordseeluft soll ihn wieder gesund machen.«

Am nächsten Tag nahm ich mir vor, zum Kinderkrankenhaus mit dem Bus zu fahren. Joachim musste arbeiten. Ich hatte mich noch sehr schwach gefühlt und hoffte, dass ich mich etwas erholen konnte, wenn ich im Bus säße. Als ich aus dem Bus stieg, war der Weg bis zum Krankenhaus doch noch sehr lang. Mit Müh und Not erreichte ich mein Ziel. Jan lag blass in seinem Bett mit einer Sauerstoffmaske über der Nase. Am Tropf war er auch noch. Der Anblick tat mir sehr weh. Jan sah mich an der Tür stehen. Er sah mich mit großen Augen an und lächelte. »Mutti, komm, ich habe schon so lange auf dich gewartet.« Ich ging noch ein paar Schritte und setzte mich an das Fußende. Aber beim Sitzen schmerzte der ganze Körper. Am liebsten hätte ich mich neben ihn gelegt. Ich gab ihm einen Kuss und streichelte seine Hand, erzählte ihm, dass ich gestern erst aus dem Krankenhaus gekommen war und ihn nicht besuchen konnte. Jan nickte. »Papa und Oma kamen ja immer.«

Die Tür ging auf und herein kam die Ärztin. Sie lachte und gab mir die Hand. »Schön für Jan, dass endlich seine Mutti ihn besuchen kann.« Ich wollte ihr erklären, aber sie hob die Hand. »Ich weiß, Ihr Mann hat mir alles erzählt.« »Ich möchte mit Ihnen über den Aufenthalt in Norderney reden.« »Wie lange soll er bleiben? Und wie ist das mit der Schule?« »Wahrscheinlich zwölf Wochen. Es könnten auch vierzehn Wochen werden. Und Schule ist keine. Das Objekt ist eine kirchliche Einrichtung. Die Kinder sollen vorwiegend draußen sein. Nur so werden sie wieder gesund. Ihr Sohn wird das wieder aufholen. An erster Stelle steht jetzt die Gesundheit.« Die Ärztin nickte mit dem Kopf und lächelte mir aufmunternd zu. Ich bedankte mich, fragte aber noch, wann die Reise geplant sei. »Wir bringen ihn selbstverständlich«, entgegnete ich. »Voraussichtlich nächste Woche. Er soll von hier aus wegkommen. Ich sage Ihnen rechtzeitig Bescheid. Wünsche Ihnen auch gute Genesung.« Und mit großen Schritten eilte sie zur Tür.

»Ist das weit, Norderney? Und bleibt ihr dann bei mir?«, fragte mich Jan mit großen Augen. »Wir fahren schon ein Stück mit dem Auto. Dann fahren wir mit einem Schiff. Norderney ist eine Insel. Da sind viele Kinder und du wirst viele Freunde finden. Erwachsene dürfen da nicht sein. Es wird dir aber bestimmt gefallen. Jetzt muss ich gehen und morgen komme ich wieder.«

Unterwegs hatte ich große Schwierigkeiten, mich vorwärtszubewegen. Mein Gedanke: »Hoffentlich schaffe ich es, nach Hause zu kommen.« Endlich wieder angekommen, ließ ich mich in der Wohnstube auf das Sofa fallen. Ich nahm die Decke, die ich bereitgelegt hatte, und schlief sofort ein. Ich schreckte auf, als ich die Wohnungstür klappen hörte. Dann kam Joachim herein.

»Dir geht es wohl noch nicht gut?«, fragte er besorgt. »Ich habe Jan besucht und das war doch noch zu viel. Ich musste noch so viel laufen. Ich konnte mich am Ende kaum halten. Deswegen liege ich hier und bin auch eingeschlafen. Nun werde ich das Abendessen vorbereiten. Da ist ja hoffentlich etwas im Kühlschrank.«

Morgens, am Frühstückstisch, hatte Joachim vorgeschlagen, gleich zu Jan zu fahren. »Mein Dienst fängt mittags an. Dann musst du auch nicht so viel laufen.« »Oh, darüber freue ich mich. Danke, lieber Joachim.« Als wir im Krankenhaus ankamen, trafen wir die Ärztin auf dem Flur. »Ihrem Sohn geht es heute schon erheblich besser. Den Tropf haben wir abgenommen und er muss nicht mehr den ganzen Tag liegen.« »Das ist ja erfreulich«, meinte Joachim. Und ich strahlte über das ganze Gesicht. Als wir in das Zimmer gingen, kam uns Jan entgegen. Vor Freude hob er die Arme. »Ich habe euch gemalt.« Auf dem Tisch lagen Buntstifte und Blätter. Das eine Blatt hob er hoch, »das seid ihr.« »Da hast du uns aber sehr schön gemalt. Ich sehe sogar ein Herz.« »Ja, das Bild schenke ich euch.« »Vielen Dank, mein lieber Schatz, darüber freuen wir uns sehr.« Wir drückten und streichelten Jan. Man konnte merken, es tat ihm so gut. Ein kleines Buch mit vielen Bildern hatten wir unterwegs im Spielzeugladen gekauft. Interessiert sah er sich ein paar Seiten an. »Dann kann ich ja gleich lesen und die vielen Tiere betrachten, wenn ihr wieder fortgeht.«

Als wir am nächsten Tag kamen, war sein Bett leer und Jan war nicht da. Ein größerer Junge, der mit im Zimmer lag, sagte uns, dass er im Spielzimmer sei. Da würde er basteln. Wir gingen zum Schwesternzimmer und fragten nach dem Spielzimmer, da kam uns die Ärztin wieder entgegen. »Ihr Sohn hat sich prächtig erholt. Sie können Jan nach Norderney bringen. Die Papiere mache ich fertig. Das Spielzimmer ist am Ende des Ganges.«

Die Woche darauf ging die Reise nach Norderney los. Unsere Gefühle versuchten wir nicht zu zeigen. Auf der Fähre sah uns Jan immer wieder an. Er kam zu mir und streichelte meine Hand. Mit seinem Papa wollte er rumalbern. Joachim nahm ihn oft fest in Griff und Jan lachte dazu. Die Nähe tat ihm so gut. Als wir in Norderney ankamen, aßen wir in einer Gaststätte. Jan hatte guten Appetit. Im ersten Haus angekommen, es waren drei große Häuserblocks, kam uns eine Frau entgegen. Sie führte uns zur Anmeldung. Dort wurden wir begrüßt. Die Papiere gaben wir ab und eine Station wurde angerufen. Nach kurzer Zeit kam auch eine Frau mittleren Alters, welche einen freundlichen Eindruck machte. Sie sprach Jan an: »Du bist der Jan und wir gehen jetzt zusammen in eine große Wohnung, wo noch viele andere Kinder leben. Verabschiede dich bitte von deinen Eltern.« Jan kam zu uns und sah uns mit ängstlichen Augen an. Wir beide drückten und streichelten ihn. Schon hatte die Frau ihn wieder an der Hand und ging mit ihm schnell aus der Tür. Diese plötzliche Reaktion hatte ich nicht verstanden. Ich war verärgert und sehr traurig. Als wir das Gebäude verließen, sprach ich mit Joachim darüber. Aber er zuckte mit den Achseln und meinte: »Je länger der Abschied dauert, umso schlimmer wird der Schmerz. Man hat Erfahrungen und die Leute wissen schon, was und wie sie mit den Kindern umgehen müssen. Es tut mir auch weh. Aber da müssen wir durch.« Joachim nahm meinen Arm und streichelte meine Hand. Wir liefen schweigend zur Fähre.

Wieder zu Hause, vermisste ich Jan so sehr, sagte aber nichts. Joachim hatte recht, da mussten wir durch. Noch ein paar Tage und ich durfte wieder arbeiten. Häusliche Arbeiten gab es noch genug. Mir tat es auch noch gut, zur Mittagszeit zu ruhen. Ich freute mich, wenn wir von Jan Post bekamen. Ich hatte ihm frankierte Briefumschläge mit der Anschrift mitgegeben und

Briefbögen mit lustigen Malereien darauf. Es war sehr lieb, wie er schrieb. Fehler waren da noch genug. Aber für die kurze Zeit in der ersten Klasse war es gut, dass er sich ausdrücken konnte. So hatte ich die falschen Worte richtig geschrieben und er sollte eine Zeile das richtige Wort schreiben. Das klappte prima.

Als ich wieder zurück in die Firma kam, war mein Schreibtisch voll von liegen gebliebenen Dingen. Mein Kollege sah mich an und grinste. »Über zu wenig Arbeit sollst du dich auch nicht beklagen.« Ich nahm es mit Humor und setzte mich hin und wühlte mich durch.

Wieder zu Hause sah ich im Briefkasten Post. Dieses Mal von meiner Schwester. Sie schrieb, dass wir in die DDR fahren dürften. Den Zeitungsabschnitt legte sie bei. Die Freude war groß. Konnte kaum abwarten, bis Joachim kam. Der konnte es nicht glauben. Immer wieder las er den Abschnitt. »Wenn Jan wiederkommt, fahren wir rüber.« »Nein, Joachim, wir müssen bis zum Sommer warten. Ich bekomme noch keinen Urlaub. Jan hat auch so viel in der Schule versäumt. Er kann nicht schon wieder vom Unterricht fernbleiben. Es ist schon schön zu wissen, dass wir dann die Familie wiedersehen. Die Aufenthaltsgenehmigung müssen wir ohnehin erst beantragen.«

So verging die Zeit. Jeden Tag kam Post von Jan. Und ich hatte auch immer wieder geschrieben. Einmal in der Woche telefonierten wir. Er war traurig, wenn er an einem Tag keine Post bekam. Ich beruhigte ihn, dass die Post vom Festland zur Insel manchmal nicht rechtzeitig ankäme. Unter Tränen meinte er: »Ich habe Angst, dass ihr mich vergesst.« »Wie können wir dich vergessen, du bist doch unser liebes Kind«, schluckte ich meine Tränen weg. Joachim erzählte Jan, dass wir im Sommer nach Thüringen führen. »Oh, da freue ich mich aber.« Jan lachte und alles war gut.

Meine Arbeitsstelle lenkte mich von allen Problemen ab. Wenn

Joachim am Wochenende frei hatte, fuhren wir meist zu Schwiegermutter und Erika und unternahmen gemeinsame Ausflüge. Waren wir wieder zu Hause, tat mir unser Vögelchen leid. Ich öffnete das Türchen von seinem Bauer. Es freute sich wohl auch und flog aufgeregt in der Küche herum. Joachim rief, er wollte mir etwas zeigen. Butchi sollte aber in der Küche bleiben und ich machte die Tür hinter mir zu. Als ich zurückkam, lag er am Boden neben der Tür. Er wollte wohl nachfliegen und hatte es nicht mehr geschafft. Ich rief Joachim. »Der Vogel ist tot.« Joachim kam und stupste ihn etwas an, aber er bewegte sich nicht mehr. Wir standen ratlos da und waren sehr traurig. Ich meinte: »Wie erklären wir das dem Jan?« »Erst einmal sagen wir nichts. Bis wir ihn holen sind es noch drei Wochen. Wir werden es Jan auf der Fähre sagen. Seine Freude, wieder bei uns zu sein, ist vielleicht größer und er kann den Verlust besser verkraften. Vielleicht ist das eine gute Fügung. Wir müssen keine Angst mehr haben, dass Jan wieder angesteckt wird.« »Du hast wohl recht. Oder wir hätten ihn weggeben müssen. Das wäre genauso schlimm.« Ich legte den Vogel auf ein Taschentuch und nahm eine Schaufel von Jan und begrub ihn vor unserem Balkon.

Drei Monate waren vergangen, seit wir Jan in Norderney abgeholt hatten. Wir waren wieder glücklich und zufrieden. Jan fühlte sich wohl und er hatte nie den Vogel erwähnt. In der Schule hatte er gute Fortschritte gemacht.

Es war nun auch an der Zeit, mit Joachim über unsere Reise nach Thüringen zu sprechen. »Ich finde es gut, dass es endlich losgehen soll«, meinte Joachim sinnig. »Ganz wohl ist mir das nicht, wenn ich an die Grenze denke«, sorgenvoll sah ich aus dem Fenster. »Wir bekommen aus der DDR die Aufenthaltsgenehmigung und müssen beim Vorzeigen keine Angst haben«, Joachim zuckte mit den Schultern. Die Sache war für ihn abgeschlossen. Ich schrieb meiner Schwester und Mutter, die zusammen in einer großen Wohnung wohnten, dass sie die Aufenthaltsgenehmigung beantragen mochten. Nach vier Wochen hatte meine Schwester die Papiere geschickt. Jan hatte schon die großen Ferien und unser Urlaub war auch geregelt. In einer Woche sollte die Reise losgehen und das Kofferpacken stand mir bevor. Joachim nahm den Autoatlas und schrieb die Route auf, die er fahren wollte. Für Jan kaufte ich für unterwegs ein Comicheft. Und dann kam der Tag, wo unsere Reise losging.

An dem Tag der Abreise war sehr schönes Wetter. Die Sonne strahlte uns entgegen. Ich sah guten Mutes Joachim an. Er nahm mich in die Arme. »Wir werden eine gute Fahrt haben. Freu dich, dass du bald wieder bei deinen Lieben bist.« »Danke, Joachim, endlich, nach sieben Jahren dürfen wir wieder in die DDR reisen. Ich hoffe, wir haben eine gute Fahrt und kommen ohne Ärger über die Grenze.« Jan wartete im Treppenhaus und er rief ungeduldig: »Kommt ihr denn bald?«

Wir gingen zu unserem Auto. Unterwegs winkten uns die befreundeten Nachbarn zu und wünschten uns eine gute Fahrt. Wir stiegen ein und ich nahm die Landkarte auf den Schoß. So konnte ich die Fahrt gut verfolgen. An der Tankstelle in Göttingen tranken und aßen wir noch etwas. Für Jan kaufte ich unterwegs noch etwas zu trinken. Dann war es nicht mehr weit nach Herleshausen zur Grenze.

Wir fuhren langsam der Grenze immer näher. Dann wurden wir von den Grenzbeamten der BRD nach den Einreisepapieren gefragt. Wir zeigten sie und konnten sofort weiterfahren. Dann kam das Niemandsland der DDR. Das war schon gespenstisch. An den Hängen standen Soldaten mit geschulterten Gewehren. Wir redeten kein Wort, aus Angst, man könnte uns hören. Sogar Jan war still. Dann kamen wir an einen Turm mit großen Glasfenstern, wo ein Polizist saß. Er verlangte die Papiere. Dann sah er mich und Joachim lange an. Er lief mit den Papieren weg. Dann kam er wieder und ging um unser Auto herum. Wir sollten die Kofferklappe öffnen. Er zeigte auf den Koffer und sagte zu mir: »Mitkommen.« Ich wurde mit dem schweren Koffer in eine Baracke geführt, die aus Holz grob gezimmert war. Mir schwirrte der Kopf. Ich sollte ihn öffnen. Dann zeigte er, wo ich die Sachen anheben sollte. Ich konnte meine Hände nicht ruhig halten, so sehr musste ich zittern. Ich hatte das Gefühl gehabt, der Mann freute sich darüber. Als ich wieder zurück zum Auto kam, stand auch schon der Grenzpolizist davor. Er verlangte, ich solle die hintere Scheibe runterdrehen, wo Jan saß. Ich sah den Mann an und fragte: »Und was soll das bitte schön?« Der antwortete nicht und sah mich nur giftig an. Ich tat also, was er wollte. Er griff durch das Fenster und nahm wortlos Jan das Comicheft ab und warf es demonstrativ in eine Holzkiste. Jan fragte mich in dem Moment erschrocken: »Mutti, darf der das?« Wir bekamen die Anweisung weiterzufahren. Schnell stieg ich ein. Joachim saß schon im Auto und fuhr los.

Endlich waren wir aus dem Grenzbereich. Joachim hielt bei der nächsten Möglichkeit an. Jan rutschte ein wenig zwischen unsere Sitze und dann umarmten wir drei uns erst einmal. Mir liefen dabei die Tränen über das Gesicht. »Warum weinst du, Mutti? Sei nicht traurig, du kaufst mir bestimmt bald wieder so ein Heft.« »Aber ganz bestimmt, mein Schatz.« Joachim sah mich nur an und lächelte.

Wir fuhren weiter und kamen in das Thüringer Land. Es war ein wunderbares und glückliches Gefühl, meine Heimat. Es dauerte auch nicht mehr lange und wir fuhren in Rudolstadt ein. Alles was ich sah, war mir so vertraut. Und endlich waren wir bei Mutter und Schwester. Sie warteten schon und die Begrüßung wollte kein Ende nehmen. Jan tat sich etwas schwer. Er kannte seine Oma und die Tante noch nicht. Am nächsten Tag hatten wir die Verwandten besucht und an den folgenden Tagen wurden Ausflüge unternommen. Es war eine wunderschöne Zeit, die viel zu schnell vorbeiging. Die Abreise wurde wieder vorbereitet. Bei der Polizei hatten wir uns abgemeldet. Die Papiere waren wieder in Ordnung. Von seiner Tante bekam Jan ein kleines Heft mit vielen Bildern. Und wir hatten ein großes Bild von Rudolstadt bekommen, wo auch die schöne Heidecksburg zu sehen war. Der Abschied kam und Mutter versprach, uns im nächsten Jahr zu besuchen, denn sie wurde Rentnerin. Auf der Fahrt bis zur Grenze konnten wir zügig durchfahren. Joachim seufzte etwas und sagte: »Was wird man nun heute mit uns machen.« »Ich hoffe, es ist nicht mehr der gleiche Mann«, erwiderte ich kleinlaut. Im Grenzbereich war langsames Fahren geboten. So taten wir es bis zur ersten Kontrolle. Man verlangte wieder die Papiere. Dann wurden wir aufgefordert, an die Seite zu fahren. Ein Gerät wurde geholt, das aussah wie eine Sackkarre. Wo sonst Lasten standen, war ein Spiegel angebracht. Damit rollte man unter das Auto. Wir mussten aussteigen und den Kofferraum öffnen und alles ausräumen. Der Polizist klopfte auf der Platte herum. Auch an die vordere Wand, wo der Rücksitz dagegen war. Die Tasche sollte geöffnet werden. Diesmal nicht der Koffer. Er forderte auch, die Seitentüren zu öffnen. Der Rücksitz wurde sehr genau abgeklopft, auch die Lehne wurde abgetastet. Nun bekamen wir unsere Papiere und konnten weiterfahren. Wir fuhren noch ein Stück durch das Niemandsgebiet und waren wieder mit einem Jubelschrei in der Bundesrepublik. Der westdeutsche Grenzbeamte winkte uns zur Weiterfahrt.

Joachim fuhr weiter, anhalten wollte er nicht mehr. Er wollte nur nach Hause. Ich bat ihn, an der nächsten Tankstelle zu halten. Wir hatten Hunger und Durst. Jan bettelte auch seinen Papa an. »Wir halten auch bald. Ich habe noch genug Benzin im Tank. In Hannover gibt es etwas zu essen und zu trinken«, erwi-

derte Joachim knapp. »Mutti, ist Hannover denn noch weit?«
»Papa fährt ja schnell. Von der Tante Gudrun hast du doch auch
ein schönes Heft bekommen. Das kannst du dir ansehen und
dann sind wir ganz schnell da«, beruhigte ich Jan.

Zuhause angekommen, brachten wir unsere Sachen in die Wohnung. Jan wollte seine Stoffkatze, die er von der lieben Tante
Emma bekommen hatte, selbst in sein Zimmer tragen. Mit der
Kuschelkatze wollte er schlafen. Joachim sah nach der Post und
ich räumte zuerst die Tasche aus. Wir hatten unterwegs noch etwas zu essen gekauft. Die Wäsche im Koffer wurde am nächsten
Tag gewaschen. Ich hatte noch zwei Tage Urlaub. Jan hatte ja
auch noch Ferien. Joachim konnte seine Arbeitszeit so verlegen,
dass er morgens zu Hause war. Da ich die erste Zeit nur drei
Tage in der Woche arbeitete, hatten wir die Ferienzeit recht gut
überbrücken können.

In der neuen Wohnung hatten wir uns gut eingelebt. Ein Park
war in der Nähe mit einem großen Spielplatz und einem See.
Dort blieb Jan oft mit seinen Freunden während ich eine Runde
um den See lief. Joachim lief nicht mit, weil das eine Bein wegen der Kinderlähmung sehr geschwächt war. Mit einem Stock
wollte er nicht gehen. Ich musste mich daran gewöhnen, allein
zu laufen.

Der Winter kam und Joachim war immer wieder erkältet.
Eines Nachts wurde ich wach und hörte Geräusche. Joachim
saß im Bett und konnte nur schwer atmen. Ich rief nach einem
Notarzt. Der Arzt gab ihm eine Spritze und sagte: »Sie müssen
zu Ihrem Hausarzt, das ist asthmatisch.« Wir waren sehr traurig. Hatten wir doch erst Jan so leiden sehen. Den Vogel gab es
doch auch nicht mehr. Am nächsten Tag fuhr Joachim zum Arzt
und es wurde ihm bestätigt, dass er Asthma hatte. Dafür bekam
er Medikamente. »Was kann das nur für eine Ursache sein?«,

fragte ich mich immer wieder. »Dann muss das an der Wohnung liegen, aber was?« Meine Überlegung teilte ich Joachim mit. »Das könnte auch das Mauerwerk sein«, gab er zu bedenken. »Aber wir wohnen jetzt hier und wir bleiben. Vielleicht geht das ja wieder weg.« Er wollte auch nicht mehr darüber sprechen.

Inzwischen waren fünf Jahre vergangen. Ich arbeitete vier Tage in der Woche. Jan kam auch gut damit zurecht. Wenn er mir etwas sagen wollte, rief er mich an. Er war ja nun auch schon ein großer Junge.

Eines Tages in der Firma hörte ich, wie sich zwei Monteure wegen Bauland unterhielten. Ich stand auf und sagte: »Was ihr da sagt, ist für mich auch interessant. Darf ich mithören?« Die beiden lachten und sagten, »na klar.« Ich ließ mir alles erklären, wie und wo man ein Grundstück erwerben konnte. Um mehr zu erfahren, wählte ich die mir gegebene Telefonnummer an. Man nannte mir zwei Möglichkeiten, wo noch Bauland freigegeben werden konnte. Wir sollten uns schnell entscheiden. Wegen der Behinderung von Joachim hatten wir Priorität bei der Vergabe von Bauland. Zuhause erzählte ich Joachim darüber. Er wollte sich alles überlegen. Am nächsten Tag sagte er: »Wir müssen sparen, weil wir eine Summe hinterlegen müssen. Und auch in Zukunft müssen wir kurztreten. Willst du das wirklich?« »Wir müssen beide wollen und haben jetzt schon eine gute Summe gespart. Du kommst zu selten raus. Bei einem Haus hätten wir mehr Freiheiten und einen Garten, der dir guttun wird.« »Na gut, dann gehe ich morgen zu der Vergabestelle und nehme unsere Unterlagen mit. Mal sehen, was mir gesagt wird.« Joachim zog gedankenvoll die Stirn in Falten.

Der nächste Tag brachte viele Neuigkeiten. Joachim erfuhr, dass er für eine bestimmte Punktzahl Bauland erwerben kann. Die Punkte, die er wegen seiner Behinderung bekam, reichten aber nicht. Es fehlten noch drei Punkte. Traurig erzählte er mir alles. Ich überlegte. Es müsste doch eine Lösung geben. »Das Asthma bei Jan ist doch auch ein Grund.« Joachim sah mich mit großen Augen an. »Ich werde morgen anrufen und fragen.« Am nächsten Tag sagte man ihm am Telefon: »Bringen Sie uns hierüber einen Nachweis, dann kommen noch fünf Punkte zu.« Unsere Freude war groß und unser Vorhaben konnte beginnen.

Man nannte uns zwei Bauplätze in verschiedenen Ortschaften. Der eine Platz war für uns nicht zweckmäßig. Als wir das zweite Grundstück besichtigten, waren wir begeistert. Die Umgebung war eine Wohlfühloase. »Morgen sage ich dafür zu«, freute sich Joachim. Wir standen und schauten und drückten uns dabei die Hände. Dann flog ein Flugzeug über uns hinweg. Ich rief entsetzt: »Nein, Joachim, das ist hier eine Flugschneise. Das Grundstück geht auch nicht.« Nebenan rief ein Mann: »Die fliegen nicht immer hier rüber. Kommt darauf an, von wo der Wind kommt. So schlimm ist das nicht.« Wir bedankten uns und liefen zum Auto. »Was meinst du, Joachim, wollen wir doch?« »Die Leute um uns herum leben doch auch damit. Wir hören dafür keine Autos.« »Also gut, dann will ich auch«, lachte ich Joachim zu.

Mit der Vorbereitung verging fast ein Jahr. Die Behördengänge und die damit verbundene Wartezeit waren nervig. Nachdem wir die Zusage für dieses Grundstück erteilt bekommen hatten, suchten wir eine Baufirma. Dann brauchten wir auch eine Baugenehmigung. Joachim ging zum Bauamt mit der Zeichnung von unserem zukünftigen Haus. Nach drei Monaten konnten wir die Baugenehmigung abholen. Ich holte sie ab und man gab mir noch die dazugehörenden Unterlagen mit. Der Umschlag passte nicht in meine Tasche und ich hielt alles krampfhaft fest, damit ich auch nichts verlor. Im Bus legte ich alles auf meinen Schoß, merkte aber nicht, dass während der Fahrt der große Umschlag mit der Genehmigung seitlich wegrutschte. Beim

Aussteigen nahm ich schnell alles, was auf meinem Schoß lag, und ging aus dem Bus. Zuhause wollte ich die Genehmigung Joachim zeigen, nur der große Umschlag war nicht dabei. Ich war furchtbar erschrocken. Joachim sah mich an und sagte kein Wort. »Der Umschlag ist mir im Bus vom Schoß weggerutscht. Der Busfahrer muss ja wieder von seiner Tour zurückkommen. Ich gehe schnell zur Haltestelle.« Und schon war ich weggerannt. Dort stand ich und sah gespannt in die Richtung, wo er kommen musste. Das Warten kam mir wie eine Ewigkeit vor. Dann endlich kam er. Die Tür ging auf und ich fragte den Fahrer: »Wurde vielleicht ein brauner Umschlag gefunden?« »War das ein großer Umschlag?« »Ja, DIN A4.« Oh, dachte ich, er hat ihn nicht. Dann hob er den Umschlag hoch, ein Stein fiel mir vom Herzen. »Ist er das, wonach Sie suchen?« »Ja, das ist er«, rief ich voller Freude. Ich stieg die zwei Stufen hoch, bedankte mich und nahm den Umschlag entgegen. »Jetzt sagen Sie mal, was drinnen ist?« »Das ist die Baugenehmigung.« Ich hörte ein Raunen und Klatschen der mitfahrenden Leute. Der Fahrer lachte und hielt den Daumen hoch. Und die Tür ging wieder zu. Überglücklich ging ich wieder nach Hause, wo Joachim gespannt wartete.

Eine Baufirma hatten wir gefunden. Der Berater war auch sehr nett. Er versprach uns, noch in diesem Jahr mit uns eine Weihnachtsgans in unserem fertigen Haus zu essen. »Darüber dürfen Sie sich freuen«, grinste er uns freundlich an. Mit einem Handschlag wurde das besiegelt.

Unser Haus wurde mit einem Keller gebaut. Eine Baugrube musste ausgehoben werden. Als das Zementauto kam, war das Wetter schlecht. Es regnete stark. Zwei Tage später sahen wir, dass der flüssige Beton sich mit der Erde verbunden hatte und starke Risse zeigte. Darauf konnte man natürlich kein Haus bauen. Ein zweites Auto musste erneut Beton schütten.

Die Baufirma hatte die zu leistenden Zahlungen in drei Abschnitten festgelegt. Die zweite Schüttung machte den ersten Bauabschnitt erheblich teurer. Dafür zahlten wir aber am Ende des Abschnittes den vertraglich vereinbarten Preis. Wir bekamen den ersten Ärger. Wir mussten nun auf die künftige Arbeitsweise aufpassen. Jeden Tag fuhren wir zur Baustelle. Wenn Joachim nicht konnte, fuhr ich mit der Bahn hin. Und mein armer Jan blieb allein zu Hause. Er war inzwischen elf Jahre.

Es ging schleppend voran. Mal vergingen viele Tage, wo nicht gearbeitet wurde oder es fehlte das Material. Im Winter war es sehr frostig und trotzdem wurde der Verblendstein angebracht. Joachim sah, dass die oberen Steine nicht fest waren. Die fielen beim Anfassen wieder runter. Alles, was unter drei Grad minus gemauert wurde, haftete nicht. Schon wieder gab es Ärger.

Ein halbes Jahr später war die Kelleretage fertig gemauert. Bis in die Höhe der Kellerwand wurde von außen isoliert. Später sahen wir, dass die Wand von innen nasse Stellen bekam. Unser freundlicher Nachbar erklärte uns, dass die Erde zu schnell an die Wand gekommen war. Die Isolierschicht war noch nicht trocken gewesen. Als wir das erste Stück ausgeschachtet hatten, sahen wir aufgeplatzte große Blasen. Nun musste die Erde um das Haus rundherum wieder abgegraben werden. Der Nachbar und unser Neffe halfen bei dieser Arbeit.

Als alles fertig ausgegraben und abgetrocknet war, befestigte Joachim mit einem Schweißbrenner Teerrollen an der Wand, um diese abzudichten. Dabei half auch Jan, worüber sich sein Papa sehr freute. Es war eine schlimme Arbeit. Ich bewunderte Joachim, dass er so viel Kraft und Durchhaltevermögen hatte, trotz seiner Behinderung.

Bis das Haus fertiggestellt war, verging noch ein Jahr. Inzwischen hatte die Baufirma Pleite gemacht. Wir mussten noch sehr viel in Eigenleistung erbringen. Von anderen Bauherren erfuhren wir die gleiche Situation. Da waren die Häuser teilweise in einem schlimmeren Zustand.

Der freundliche Berater, von dem war nichts mehr zu sehen. Auf die Gans hatten wir lieber auch verzichtet. Wir waren dennoch glücklich, in unserem unfertigen Haus wohnen zu können. Jan hatte dann auch nicht mehr so einen weiten Schulweg. Zuerst hatten wir sein Zimmer fertiggestellt. Über die Tapete und die Einrichtung war er sehr glücklich. Dann kam die Küche dran. Ich war froh, für den Übergang einen Zweiplattenkocher zu haben.

Zunächst fliesten wir die Küche und das Bad. Die Fensterbänke mussten noch fertiggestellt werden. Die Terrasse wurde aufgeschüttet mit einem Bagger. Ich sah ihn in dem Teil, wo Schrebergärten entstehen sollten und fragte den Fahrer, ob er uns mit unserer Terasse behiflich sein könne. Er kam mit seinem Bagger und in kurzer Zeit war er fertig. Wir bedankten uns und gaben ihm einen guten Lohn dafür. Er freute sich sehr darüber und wir uns auch. Ich hätte so eine Bewegung der Erde nicht geschafft.

Die übrigen Zimmer hatten wir selbst tapeziert. Den Teppichboden hatten wir legen lassen. Endlich konnten wir unser Schlafzimmer aufstellen. Die Luftmatratzen hatten wir gerne wieder weggelegt. Über jede fertiggestellte Arbeit waren wir stolz und glücklich.

Meine Arbeitsstelle zu erreichen war mit Bus und Bahn sehr lang geworden. Da noch viele Arbeiten am und im Haus notwendig waren, konnten wir uns oft erst um Mitternacht schlafen legen. Die Müdigkeit überwältigte mich dann am Arbeitsplatz. In der Mittagspause schlief ich und wurde von den Kollegen geweckt. Das durfte und konnte nicht mehr so weitergehen. Ich sprach mit Joachim darüber. »Wir haben jetzt das Nötigste und ich brauche mehr Schlaf.« Joachim sah mich an und meinte:

»Mir geht es nicht anders. Versuchen wir, einen Gang runter-
zuschalten.«

Nachdem auch die Sanitäranlagen eingebaut waren, sprach
Joachim über eine Woche Urlaub. Es sollte in das Weserberg-
land gehen. »Ich brauche eine Auszeit, mein Rücken schmerzt
so sehr. Und ich denke, du brauchst auch ein wenig Ruhe.« »Ich
finde das sehr gut und freue mich. Jan hat da ja auch Ferien.«
Glücklich umarmten wir uns.

Am Wochenende hatte ich mir vorgenommen, im Garten zu
arbeiten. Der Mutterboden musste verteilt werden. Während
ich mit all dem Dreck beschäftigt war, rief jemand meinen Namen. »Wer sollte das denn sein?« Und drehte mich um. Es war
meine Schwägerin. »Erika, das ist ja lieb, uns zu besuchen. Aber
viel Zeit haben wir nicht.« »Die habt ihr ja jetzt sowieso nie. Ich
habe eine Thermoskanne Kaffee und für jeden ein Stück Kuchen
mitgebracht. Wo ist Joachim?« »Ich komme schon, habe dich
doch gehört.« Schnell holte ich ein Brett, das am Haus lag, und
legte Bausteine unter. Wir saßen auf dem Brett und aßen den leckeren Kuchen und tranken genüsslich den schmackhaften Kaffee. Wir hatten auch so viel zu erzählen. Wir bedankten uns bei
Erika. »Du hast uns eine riesige Freude gemacht. Ich entschuldige mich, dass ich dich aus Zeitmangel wieder zurückschicken
wollte.« Erika lachte: »Wenn ich bei euch die viele Arbeit sehe,
hast du eigentlich Recht.« Sie stand auf, »nun will ich wieder
gehen und ihr dürft eurer Arbeit nachgehen.« Als Erika weg war,
beeilte ich mich, die Erdarbeiten weiterzumachen. Aber ich kam
wieder nicht sehr weit. Jan kam in den Garten. »Mutti, ich habe
mich verletzt. Bin mit dem Rad gestürzt.« Er zeigte sein stark
blutendes Bein. »Wieso kam es zu einem Sturz?« »Habe eine
Wurzel nicht gesehen.« »Lass uns schnell in das Haus gehen.
Habe genug Verbandszeug. Erst sprühe ich Desinfektions-Spray
auf die Wunde, das brennt ein bisschen.« Als ich seine Wunde

verbunden hatte, meinte er: »Aber morgen gehe ich nicht mit der Binde in die Schule.« »Nein, dann kommt ein Pflaster drauf. Außerdem ziehst du ja die lange Hose an.« »Ich habe Hunger, wann essen wir?« »Du kannst ja schon anfangen, den Tisch zu decken. Ich muss draußen noch schnell aufräumen. Papa kannst du dann auch Bescheid sagen.«

Der Urlaub rückte immer näher und wir freuten uns schon riesig darauf. Die Küche war nun fertig. Das Bad und die Toilette auch, bis auf ein paar Kleinigkeiten. Die Wohnstube war noch unser Abstellraum. Da wurde erst einmal alles, was man nicht mehr brauchte, abgestellt. Nach dem Urlaub sollte zuerst die Heizungsanlage eingebaut werden.

Joachim und ich hatten schon Urlaub. Der Koffer musste wieder gepackt werden. Jan wollte seinen Rucksack mitnehmen. Da kam seine Wäsche rein, ein Buch und ein paar Süßigkeiten. Den Koffer konnte ich mit großer Mühe zubekommen. Joachim schimpfte: »Du hast zu viele Klamotten eingepackt.« Ich war beleidigt. »Ich muss doch auch Regensachen mitnehmen. Und dann auch die Schuhe. Auch wenn es nur eine Woche ist.«

Als wir in der Pension ankamen, wurden wir freudig von der Wirtin begrüßt. Dann brachte sie uns in unser Zimmer. Nebenan war noch ein kleiner Raum für Jan. Damit waren wir auch zufrieden. Wir machten uns etwas frisch. Danach wurde der Ort besichtigt. Joachim zeigte auf eine Gaststätte. Da gehen wir jetzt hin und essen etwas. Jan freute sich. »Ich habe so einen Hunger.« »Du hast doch erst zum Frühstück so viel gegessen«, entgegnete ich lachend.

»Ach Mutti, das war schon vor vielen Stunden.« Wir gingen in die Gaststätte und waren überrascht, wie gemütlich es da war. Ein Tisch auf der anderen Seite war auch noch frei.

Der nächste Tag brachte uns viel Freude, auch besonders viel

Sonnenschein. In der Nacht konnten wir ohne irgendwelche Belastungen viel schlafen und waren ausgeruht. Am Frühstückstisch wurden wir verwöhnt. Herrlich, wir waren im Urlaub. Das nach unseren stressigen Bauarbeiten zu erfahren, war wundervoll. Nach dem Frühstück gingen wir im Wald spazieren. Joachim hatte sich einen Stock gesucht, damit er besser laufen konnte. Als wir uns ausruhten, schnitzte er ihn. Im Ort wurde der erste Nagel aus Metall, ein kleines Bildchen vom Ort, auf dem Stock befestigt. So wurde jeder Tag mit etwas anderem ausgenutzt. Auch mit dem Auto hatten wir die Umgebung erkundet. Abends wurden Spiele am Tisch gemacht. So wurde es Jan auch nicht langweilig.

Die eine Woche war so schnell vorbei und wir mussten wieder an die Abreise denken. Jan freute sich darauf, zu Hause mit seinem Freund die Gegend mit dem Fahrrad zu erkunden. Er hatte noch drei Wochen Ferien. Unsere Urlaubszeit war auch noch nicht zu Ende.

Die Fahrt nach Hause verlief problemlos. Wir waren aber auch glücklich, wieder in unserem Haus zu sein. An die Arbeit wollten wir erst einmal nicht denken. Wir liefen durch die Zimmer, die fertig waren, und bewunderten zuerst die neue Küche, dann die Badestube und die Schlafstube. Für die Heizungsanlage im Keller hatten wir Fliesen gekauft und Joachim legte sie. Er hatte das sehr gut gemacht und ich konnte ihn nicht genug loben. Nun wurde die Anlage in der Woche nach unserem Urlaub aufgestellt und montiert.

Fast zwei Jahre vergingen noch. Erst dann konnten wir uns über eine fertige Einrichtung im Haus und Garten freuen. Dann beeilten wir uns, Jans Konfirmation vorzubereiten. Zuerst kauften wir einen Anzug und Schuhe für Jan. Damit war er überhaupt nicht einverstanden. »So etwas ziehe ich nicht an«, schmollte er. Joachim erklärte ihm: »Du bist nach dem kirchlichen Gesetz dann erwachsen.«»Soll ich denn so in die Schule gehen?«Jan machte große Augen.»Nein, natürlich nicht. Nach dem staatlichen Gesetz bist du mit achtzehn Jahren volljährig. Es geht alles so weiter, wie du es gewohnt bist.« Glücklich und froh sah er seinen Papa an und lachte.»Dann bekomme ich doch Geschenke. Kann ich mir etwas wünschen?«»Nein, das kannst du nicht. Du wirst vielleicht auch Geld bekommen, dann kannst du dir etwas nach deinen Wünschen kaufen«, entgegnete ich. Jan war zufrieden. Er holte seine Büchertasche und machte seine Hausaufgaben.

In der Nacht bekam ich Angst um Joachim. Er war erkältet und bekam, trotz seiner Medikamente, kaum Luft. Ich rief nach dem Notarzt. Joachim war anfälliger geworden und er klagte auch über Rückenschmerzen. Ich machte mir große Sorgen. Sein Rücken wurde immer extrem belastet. Das linke Bein war wegen der Kinderlähmung etwas kürzer. So knickte er nach links ab. Mit Hilfe der orthopädischen Schuhe blieb trotzdem die falsche Gangart. Auch die schwere Arbeit am Haus hatte seinen Körper geschwächt. Von dem Notarzt bekam er eine Spritze. Es ging ihm am frühen Morgen etwas besser. Ich bat ihn, zum Arzt zu gehen. Er wollte aber nicht krank sein und ging nach der Mittagszeit wieder zur Arbeit.

Neben meiner Arbeit in der Firma, die ich an vier Tagen in der Woche ausführte, bereitete ich mich gedanklich auf die große Feier vor. Die Ratschläge der Schwiegermutter und Schwägerin waren sehr hilfreich. Darüber war ich froh und dankbar. Meine Mutter wollte auch kommen und für ein paar Wochen bei uns bleiben. Ich freute mich und hoffte aber, dass sie an den Tagen, die ich nicht da sein konnte, mit Joachim zurechtkommen würde. Meine Eltern waren geschieden und mein Vater wollte später kommen.

Joachim ließ die Einladungskarten drucken. Für seinen Bruder Hans und Familie, Schwester Erika und ihre Kinder und Schwiegermutter mit zwei ihrer Schwestern und Anhang. Mein Bruder Roland und Familie. Nur meiner Schwester Gudrun mit Familie aus der DDR wurde die Einreise nicht bewilligt.

Unsere Wohnstube war noch nicht perfekt eingerichtet. So hatten wir Platz für einen langen Tisch und Klappstühle. Als Jan den langen Tisch sah, fragte er: »Und wo soll ich sitzen?« »Du bist dann die Hauptperson und sitzt an der Stirnseite.« »Ich will aber mit meinem Freund zusammensitzen.« »Oh je, der sitzt gleich um die Ecke neben dir. Der Tisch ist sehr schmal, es geht nicht anders.« Jan war damit nicht so recht einverstanden. »Dann wird es aber etwas Leckeres zu essen geben«, schmollte er und ging in sein Zimmer. Ich hatte nun Ruhe und konnte die Einkaufsliste erstellen.

Von meiner Mutter kam ein Brief. Sie würde am kommenden Freitag im Hauptbahnhof ankommen. Joachim informierte ich von ihrem Kommen. Er zuckte mit den Schultern. »Ja, dann kommt sie eben.« »Das Problem ist, wir haben keine Liege, wie und wo soll sie schlafen?« Ich fragte die befreundeten Nachbarn und sie konnten mir aushelfen. Die Liege wurde in Jans Zimmer aufgestellt, worüber sich Jan auch nicht freute. Joachim meinte nur: »Du machst das schon.« Ihm war die ganze Vorbereitung egal. Wenn es nach ihm ginge, würde er keine Einladungskarten schicken. Aber Jan freute sich doch auf seinen großen Tag. Jan verstand auch, dass seine Oma nur in seinem Zimmer Platz zum Schlafen hatte. Nun hatte ich eine Liege und Decke. Das Problem war gelöst. Um Joachim nicht damit zu belasten, hatte ich mich um die Vorbereitungen selbst gekümmert.

Die Tage bis zum Ankommen meiner Mutter vergingen schnell. Ich hatte es geschafft, pünktlich am Bahnhof zu sein. Der Zug hatte aber Verspätung. Das war nicht ungewöhnlich. Die Kontrollen an der Grenze wurden sehr genau von der DDR durchgeführt und das verzögerte die Weiterfahrt. Dann endlich, nach einer langen Wartezeit, wurde der Zug angesagt. Bei der Einfahrt war ich sehr aufgeregt. »Wo wird sie aussteigen? Sollte ich nach vorn laufen oder nach hinten?« Ich rannte nach vorn und sah sie nicht. Rannte wieder zurück zum hinteren Teil. Da endlich konnte ich sie sehen, wie sie mit ihrem Koffer dastand. Ich winkte und dann sah sie mich auch. Gleich war ich bei ihr und hatte sie innig in meine Arme genommen. »Halt«, rief sie, »du erdrückst mich ja.« Während wir zur anderen Seite des Bahnhofs zur S-Bahn liefen, hatte meine Mutter von der Familie Grüße ausgerichtet. Von Gudrun einen besonderen Gruß, sie wäre so gern mitgekommen.« »Ich weiß das ja, Mutti. Im nächsten Jahr kommen wir wieder zu euch. Ich bin ja schon froh, dass wir rüberfahren dürfen.«

Die Vorbereitungen zu unserem großen Fest liefen nun in vollem Gange. Das Essen und Getränke, ein langer Tisch und Stühle. Die Tischkarten mussten noch beschriftet werden. Jan war schon so sehr aufgeregt. Er kam ständig und fragte wieder etwas. Am Abend bekam ich Kopfschmerzen und wollte nur noch schlafen.

An dem Tag der Konfirmation waren wir alle sehr aufgeregt. Jan stand unschlüssig an der Tür. »Ich habe kaum geschlafen«, meinte er und gähnte kräftig. Ich ging zu ihm und nahm ihn in die Arme. »Es ist Zeit, und zieh bitte deinen Anzug an. Wenn die Gäste kommen, wirst du sie begrüßen.« »Oh weh, das auch noch.« Als er sich angezogen hatte, kam er und hatte den Schlips in der Hand. Papa musste helfen. Meine Mutter hatte sich abseits auf das Sofa gesetzt und wartete die große Begrüßung der Verwandten ab. Das erste Klingeln kam auch bald. Und alle kamen fast gleichzeitig. Nur Roland mit Familie war noch nicht da. Meine Mutter bekam vor Aufregung ein rotes Gesicht. »Es wird doch nichts passiert sein? Er kommt doch mit dem Auto, Inge.«»Reg dich nicht auf, Mutti. Er weiß, wann wir in der Kirche sein müssen. Er ist bestimmt gleich hier.« Unruhig wurde ich aber auch, nur merken durfte es keiner. Es wurde nun auch Zeit und wir mussten uns auf den Kirchgang vorbereiten. Immer wieder sah ich zur Uhr. Nun klingelte es. Ich machte die Tür auf und Roland stürmte herein. Er rief:»Wo habt ihr eure Toilette?« Er rannte hinein und alle mussten lachen. Auch Mutti lachte, es war ein erlösendes Lachen. Ich sah auch, wie sie noch Tränen in den Augen hatte. Ich nahm sie in die Arme und streichelte ihre Wangen.»Alles ist nun gut.« Dann kam Roland und lachte allen entgegen.»Entschuldigung, das hatte Vorrang.« Alle klatschten und Roland mit Familie wurden freudig begrüßt. Ich mahnte nun zum Aufbruch.

Die kirchlichen Feierlichkeiten waren sehr schön. Jeder Konfirmand bekam seinen Segen und den Konfirmationsspruch. Danach wurden vor der Kirche Fotos gemacht. Dann kam Jan angerannt und begrüßte zuerst seinen Patenonkel Roland und Familie. Jan musste früher in der Kirche sein und hatte das Drama von Roland nicht mitbekommen.

Wieder zu Hause bekam jeder ein Glas Sekt. Jan meinte:»Ich bekomme auch ein Glas Sekt, bin ja erwachsen.«»Wir hatten dir ja erzählt, wann du erwachsen wirst«, mahnte ich Jan.»Du bekommst aber auch ein Glas mit etwas Sekt und Orangensaft.« Der Tag war anschließend sehr schön verlaufen. Es wurde viel erzählt und gelacht, bis meine Schwägerin aufstand und zum Aufbruch mahnte.»Es ist doch schon so spät.« So erhob sich einer nach dem anderen. Joachim unterhielt sich noch mit Roland und seinem Bruder Hans. Er war in seinem Element und liebte es, sich mit Leuten zu unterhalten. Er ließ sich erst einmal nicht aus der Reserve locken. Bald erhob sich Roland und meinte:»Ich bin müde, wir kommen ja morgen noch einmal zu euch.« Nur der Bruder Hans blieb noch eine halbe Stunde. In der Zeit räumte ich das Geschirr in die Küche. Jan fand den Abend supergut, aber nun war er sehr müde. Er und seine Oma machten sich zum Schlafen fertig. Nachdem auch Hans nach Hause gegangen war, hatte ich nur noch den Wunsch zu schlafen. Ich bekam von Joachim noch einen Kuss. »Es ist doch alles prima gelaufen. Der Tag war wunderschön.«

Die nächsten Tage verbrachten wir damit, den Normalzustand wiederherzustellen. Jan hatte stolz sein Geld gezählt und zeigte es mir. »Was meinst du, wie viel tust du auf dein Sparbuch? Du willst dir noch einen lang gehegten Wunsch erfüllen und etwas kaufen.« Jan sah mich mit großen Augen an. »Ja, Mutti, aber das mache ich auch ohne dein Einverständnis. Das ist doch mein Geld.«

Meine Mutter saß mit einer Zeitung im Garten und hatte sich von den gestrigen Turbulenzen erholt. An einem Wochenende fuhren wir alle zum Hafen. Mit der Barkasse fuhren wir weit umher. Das hatte allen viel Spaß gebracht. Mutter hatte sich sehr wohl gefühlt. Ich nahm mir auch vor, mich mehr in meiner Freizeit um sie zu kümmern. Das war schwer, die Zeit war knapp. Aber die Tage waren länger hell. So gingen wir nach Feierabend spazieren. Darüber freute sie sich sehr. Eine Woche Urlaub hatte ich für sie genommen. Der Rest wurde für die Familie aufgehoben. So waren auch bald die vier Wochen vergangen und die Heimreise der Gäste stand bevor.

Nachdem meine Mutter abgereist war, kam Jan zu mir. »Ich habe die Liege von Oma wieder zusammengeklappt und freue mich, mein Zimmer wieder allein zu haben.« Ich nahm seine Hände und bedankte mich. »Du bist ein verständnisvoller, lieber Junge. Ich bin stolz auf dich.« Ich drückte ihn und er meinte ganz stolz: »Habe ich doch gerne gemacht, Mutti.«

Wir hatten nun wieder einen ganz normalen Alltag. Joachim wurde wieder ruhiger, weil er mehr Ruhe zum Schlafen bekam.

Die Schichtzeiten machten ihm manches Mal sehr zu schaffen. Eines Tages erzählte er mir, dass sein Vater ihm eine Eisenbahnanlage gebaut hatte. Das Wohnhaus, in dem sie wohnten, wurde im Krieg zerstört und natürlich auch die Anlage. »Ich würde mir ganz gerne im Keller wieder eine aufbauen.« »Das ist eine gute Idee, wenn es dir Freude macht«, bekräftigte ich ihn damit. Joachim sah mich an und meinte: »Ich habe noch eine Idee.« Gespannt sah ich ihn an. »Wir bauen oben noch ein Zimmer aus. Mutter könnte dann da wohnen. Vier Wochen sind eine lange Zeit. Jan müsste dann nicht sein Zimmer mit ihr teilen. Er hat das Alter und muss es allein haben.« Ich gab zu bedenken: »Wir sind mit dem Erdgeschoss und dem Keller noch nicht fertig. Für die Mehrarbeit müssen wir wieder mehr Zeit und Geld aufbringen. Aber du hast Recht, die Tante Emma will ja auch im nächsten Jahr zu uns kommen.«

Und so hatten wir wieder eine Menge Arbeit vor uns. Die Nächte waren oft sehr kurz. Wenn Joachim an einem Samstag zu Hause war, wurde wieder für das obere Zimmer eingekauft. Das Geld wurde wieder knapp. Jan war gerade zu dieser Zeit sehr gewachsen. Kleidung und Schuhe, alles war zu klein. Dass wir keine Zeit für ihn hatten, empfand er wohl nicht so schlimm. Er war glücklich, sein Zimmer allein zu haben.

Die Zeit verging rasend schnell. Den Schulabschluss hatte Jan gut geschafft. Er meinte: »Nun muss ich nicht mehr ständig lernen.« Mit großem Eifer machte er einen Tanzkurs und lernte dort ein Mädel kennen. Beide hatten sich sehr gern und in der Freizeit war nicht mehr sein Freund die Nummer eins.

Joachims Gesundheit wurde immer schlechter, das Asthma immer schlimmer. Und sein Rücken schmerzte sehr. Ich salbte und massierte. Danach ging es ihm eine kurze Zeit besser. Aber auch meine Gesundheit bekam Schwachstellen. Die Schultern

schmerzten und mit der Gartenarbeit kamen auch die Rücken-
probleme. Unser Urlaubsziel war immer dort, wo ein Thermal-
bad war. Das bekam uns beiden gut.

Jan hatte inzwischen eine Lehre begonnen. Die Freundschaft
aus dem Tanzkurs hielt noch immer und Jan brachte sie eines
Tages, seine Barbara, mit nach Hause. Es dauerte nicht lange,
dann blieb auch Barbara am Wochenende über Nacht bei Jan.
Joachim meinte: »Ist das nicht ein wenig zu früh? Die zwei
haben es ja verdammt eilig.« Ich machte ein hilfloses Gesicht.
»Sie sind beide mündig geworden.« Joachim stand auf und lief
ein paar Schritte. Dann sah er mich an. »Hoffentlich passen
die beiden auf. Du weißt, was ich meine. Ich werde morgen ein
Päckchen kaufen und das lege ich Jan vor die Tür.« Ich musste
jetzt doch etwas schmunzeln und meinte: »Hoffentlich kann er
damit umgehen.«

Ein Jahr später an einem Wochenende kamen Jan und Barbara Hand in Hand zu mir in die Küche und lachten mich an.
Ich dachte: »Die beiden wollen mir etwas Wichtiges mitteilen,
aber es kann ja nichts Schlimmes sein, wenn sie lachen.« »Ihr
wollt mir etwas Nettes sagen, also was ist es? Macht es nicht
so spannend.« Wie aus einer Pistole geschossen, sagten beide:
»Wir haben eine Wohnung gefunden.« Ich musste erst einmal
schlucken und starrte Jan, dann Barbara an. »Ihr seid noch
sehr jung. Eure Lehre wurde gerade beendet. Ihr habt bestimmt
noch keinen Pfennig gespart. Die Wohnung muss doch auch
eingerichtet werden.« Nun ergriff Barbara das Wort. »Jan hat in
seinem Zimmer eine kleine Einrichtung und ich auch. Wir wollen doch auch heiraten.« Jan meinte: »Aber erst einmal wollen
wir uns prüfen, ob wir für immer zusammenbleiben werden.
Bitte, Mutti, mach nicht so ein Gesicht, wir besuchen euch doch
immer.«

Joachim kam spät abends nach Hause. Er hatte Spätschicht

und war todmüde. Ich lag schon im Bett und stand schnell wieder auf, um ihm ein kleines Abendbrot fertig zu machen. Hunger hatte er nicht und aß nur eine kleine Schnitte. »Im Heim gab es heute viel Ärger. Habe Kopfweh und mein Rücken schmerzt auch wieder sehr.« »Du gefällst mir nicht, siehst schlecht aus.« Er tat mir sehr leid. Seine Behinderung machte den Körper immer schwächer. »Wenn du soweit bist, dann massiere ich dich und du hast eine gute Nacht.« Er sah mich dankbar an und lächelte. Die Neuigkeiten von Jan und Barbara mussten warten.

Viele Jahre vergingen. Jan und Barbara waren verheiratet und hatten zwei wunderbare Söhne bekommen. Das Glück der beiden hatte starke Risse bekommen. Jan war nicht glücklich, aber seine beiden Jungs, Timon und Bennet, liebte er sehr. Beruflich war er sehr gefordert. Er besuchte Kunden im In- und Ausland. Wenn er wieder nach Hause kam, waren sein größtes Glück seine Jungs. Barbara war auch sehr gefordert. Die zwei Kinder, der Haushalt. Nebenbei ging sie ein paar Tage arbeiten. Sie lud oft Freunde an den Wochenenden ein. Da blieb wenig Zeit für eine Zweisamkeit. Ihre Mutter half oft und betreute die Kinder. Ich holte sie oft an den Wochenenden. War ja auch in Vollbeschäftigung.

Später jedoch ging die Ehe kaputt und Jan fand seine Traumfrau. Mit ihr ist er sehr glücklich. Sie brachte zwei Mädels mit in die Ehe.

In unserem Leben waren die Pflichten immer an erster Stelle. Aber wenn wir einen Urlaub planten, dann wurde eifrig darüber beraten. Änderungen und Neuanschaffungen waren dann nicht wichtig. Dieses Mal sollte die Reise in den Schwarzwald gehen. Beim Kofferpacken erinnerte ich Joachim: »Hol doch bitte aus dem Keller deinen Spazierstock. Ich kann dich nicht immer stützen. Meine Schultern schmerzen und ich kann sie nicht immer belasten.« »Oh ja, ich hätte das vergessen. Den bringe ich gleich in das Auto.«

Im Urlaubsort angekommen, hatten wir uns vorgenommen, noch ein wenig zu laufen nach der langen Fahrt. Unsere Unterkunft war dicht am Wald. Frische Luft hatten wir genug. Und so liefen wir los. Nach einer kurzen Strecke blieb Joachim stehen. »Was ist mit dir?« Total verschwitzt und traurig sah er mich an. »Ich kann nicht mehr, der Rücken und die Hüfte schmerzen so sehr. Die Luft, das Atmen ist auch so schlecht. Hoffentlich hast du den kleinen Inhalator mitgenommen.« »Ja, das habe ich.« »Dann gehen wir langsam zurück in unser Zimmer. Das Fenster wird aufgemacht. Die Luft wird gut für dich sein. Nun nehme ich deinen Stock und du stützt dich wieder auf meine Hand. Vor dem Haus könnten wir uns erst einmal auf die Bank setzen.« Dankbar sah mich Joachim an und drückte mir die Hand. Nach dem Abendessen nahm Joachim seine Tabletten und inhalierte. Er fühlte sich dann sehr viel wohler. Nachdem ich den Koffer ausgeräumt hatte, nahm er den Platz am offenen Fenster. Dann gingen wir schlafen. Und ich hoffte: »Morgen sieht die Welt wieder anders aus.«

Auch am nächsten Tag ging es Joachim nicht viel besser. So fuhren wir immer mit dem Auto und sahen uns, immer aus nächster Nähe, die Umgebung an. Ich wäre so gern in der herrlichen Gegend spazieren gegangen. Aber ich sagte nichts. Abends freute sich Joachim. »Wir haben heute doch so viel gesehen.« Er sah mich etwas verlegen von der Seite an. Bestimmt wusste er, was ich dachte. Er kam einen Schritt auf mich zu und umarmte mich.

Als der Urlaub zu Ende ging und wir wieder nach Hause fahren konnten, war ich sehr froh. Denn da gab es genug Arbeit und wir nahmen die körperlichen Probleme nicht mehr so wichtig. Joachim ging auch wegen seines Rückens zum Arzt. Wir hofften, nach der Behandlung würde es eine Lösung geben, die Schmerzen wenigstens zu lindern. Der Arzt meinte aber, weil er eine Polioerkrankung hatte, sei die Abnutzung am Rücken und am Knie sehr stark. Er könne da nichts mehr machen. Joachim kam sehr traurig nach Hause und ging gleich in den Keller, wo er seine Eisenbahnanlage baute. Ich machte mir Vorwürfe. Das Haus hätten wir nicht bauen dürfen. Aber wir konnten auch nicht ahnen, dass die Baufirma in Insolvenz ging.

Am Abend sprachen wir noch einmal über den Arztbesuch. »Ich werde noch einen anderen Arzt aufsuchen. Dann gehen wir beide hin. Du hast ja auch starke Schulterschmerzen und dein Rücken schmerzt. Wenn man bei mir wirklich nichts mehr machen kann, muss ich die Rente einreichen.« »Ich mache mir aber Vorwürfe, dass wir uns mit dem Haus übernommen haben«, äußerte ich mich vorsichtig. Joachim sah mich lange an. Dann streichelte er meine Wange und sagte: »Wir haben unser Ziel erreicht und wir können sehr glücklich und stolz sein.«

Nachwort

Nach zehn Jahren glücklicher Ehe haben Jan und Tatjana noch einem Jungen, Norman, das Leben geschenkt. Er ist inzwischen 18 Monate und macht der Familie viel Freude.